dtv

In den Märchen dieser internationalen Anthologie werden Söhne vorgestellt, die in die Welt ziehen, um ihr Glück zu machen. Ob in Frankreich, in Russland oder auf Kuba: in allen Kulturen behaupten sich junge Männer gegen gemeine ältere Brüder und hinterlistige Hexen und kämpfen um die Königswürde oder ihre Liebste. Mit Tatkraft und Mut, klugen Ratgebern und freundschaftlichen Helfern meistern sie die Herausforderungen, die das Leben an sie stellt.

Die Herausgeberin *Gudrun Lehmann-Scherf*, geboren 1951, ist Diplompsychologin, Psychoanalytikerin und Kunstpsychotherapeutin. Sie arbeitet in ihrer Praxis in München und ist als Dozentin in der Ausbildung von Psycho- und Kunsttherapeuten tätig. Seit vielen Jahren beschäftigt sie sich mit Märchen und hält darüber Seminare.

Reinhard Michl, 1948 in Niederbayern geboren, studierte nach einer Schriftsetzerlehre an der Akademie der bildenden Künste in München. Noch während seines Studiums begann er, für Verlage zu arbeiten. Für seine Arbeit wurde er mehrfach ausgezeichnet, unter anderem mit dem Gustav-Heinemann-Friedenspreis und dem Troisdorfer Bilderbuchpreis.

Märchen
von Söhnen

Herausgegeben und überarbeitet
von Gudrun Lehmann-Scherf

Mit Illustrationen
von Reinhard Michl

Deutscher Taschenbuch Verlag

Von der Herausgeberin Gudrun Lehmann-Scherf
ist im Deutschen Taschenbuch Verlag erschienen:
Märchen von Töchtern (13932)

Für Walter

Ausführliche Informationen über
unsere Autoren und Bücher
finden Sie auf unserer Website
www.dtv.de

Originalausgabe 2010
Deutscher Taschenbuch Verlag GmbH & Co. KG,
München
© 2010 Deutscher Taschenbuch Verlag, München
Umschlagkonzept: Balk & Brumshagen
Umschlagbild: Reinhard Michl
Gesetzt aus der Bembo 10,5/13˙
Satz: Greiner & Reichel, Köln
Druck und Bindung: Druckerei C. H. Beck, Nördlingen
Gedruckt auf säurefreiem, chlorfrei gebleichtem Papier
Printed in Germany · ISBN 978-3-423-13933-5

Inhalt

Zarewna Frosch *(Russland)* 7
Jack und die Bohnenranke *(England)* 17
König Lindwurm *(Dänemark)* 29
Die Reise zur Sonne *(Slowakei)* 43
Der Bursche und
   das Zauberpferd *(Frankreich, Provence)* 53
Hans, der Grafensohn,
   und die schwarze Prinzessin *(Pommern)* 63
Die Liebe der drei Orangen *(Italien, Welschtirol)* 85
Der Beg und der Fuchs *(Bosnien)* 95
Das Büblein im Sack *(Italien)* 105
Simson, tu dich auf! *(Deutschland, niederdeutsch)* 113
Von dem Riesen, der kein Herz
   im Leib hatte *(Norwegen)* 131
Der Mond *(Kaukasus, ossetisch-digonisch)* 143
Das weiße Kätzchen *(Dänemark)* 149
Die Gaben des Schlangenkaisers *(Bosnien)* 159
Der Königssohn und sein Diener *(Russland)* 171
Der Puma, der zaubern konnte *(Kuba)* 183
Ellenlang, Meilenbreit und Feuerauge *(Tschechien)*... 195

Anhang
Nachwort 215
Dank 225
Glossar 227
Quellenverzeichnis 229
Literaturverzeichnis 231

ZAREWNA FROSCH

Russland

In einem Land, in einem Reich lebten einmal ein Zar und eine Zarin, die hatten drei Söhne, alle jung, ledig und dabei so kühne Helden, dass es im Märchen nicht zu erzählen und mit der Feder nicht zu beschreiben ist. Der Jüngste hieß Iwan Zarewitsch.

Eines Tages sprach der Zar zu seinen Söhnen: »Meine lieben Kinder, nehmt euch einen Pfeil, spannt eure starken Bogen und schießt in verschiedene Richtungen. Dort, wo euer Pfeil niederfällt, werdet ihr eure Bräute finden.«

Der älteste Sohn schoss – und sein Pfeil flog in den Hof eines Bojaren und blieb unter dem Fenster der Tochter stecken. Der zweite Sohn schoss – und sein Pfeil flog in das Anwesen eines Kaufmanns und geradewegs vor die Treppe zum Haus. Auf der Treppe aber stand ein schönes Mädchen, das war des Kaufmanns Tochter. Dann schoss der jüngste Sohn – und sein Pfeil flog in einen trüben Sumpf und ein Quakfrosch hob ihn auf. Da sagte Iwan Zarewitsch: »Wie kann ich eine Quakuschka zur Frau nehmen, die ist doch nicht meinesgleichen!«

»Nimm sie nur«, antwortete ihm der Zar, »sie ist eben dein Schicksal.«

So feierten die Zarewitsche ihre Hochzeit: der Älteste mit der Bojarentochter, der Zweite mit der Kaufmannstochter und Zarewitsch Iwan mit der Quakuschka.

Nach einiger Zeit rief der Zar seine drei Söhne zu sich und befahl: »Eure Frauen sollen mir jede bis morgen früh ein weiches, weißes Brot backen.« Da kehrte Iwan Zarewitsch traurig nach Hause zurück und ließ den mutigen Kopf tief hängen. »Qua, Qua, Iwan Zarewitsch, warum bist du so betrübt? Hast du von deinem Vater ein böses Wort gehört?«, fragte ihn Quakuschka.

»Wie sollte ich nicht betrübt sein! Mein Väterchen, der Zar, befiehlt, du sollst ihm bis morgen früh ein weiches, weißes Brot backen.«

»Gräm dich nicht, Iwan Zarewitsch. Leg dich nur schlafen, der Morgen ist klüger als der Abend.«

Sie wartete, bis Iwan Zarewitsch eingeschlummert war, dann warf sie ihre Froschhaut ab und verwandelte sich in ein schönes Mädchen: Wassilissa die Wunderkluge. So trat sie hinaus auf die Treppe vor dem Haus und rief mit lauter Stimme: »Ihr Ammen und Wärterinnen, kommt alle herbei! Backt mir ein weiches Brot, wie ich es immer zu Hause bei meinem Väterchen gegessen habe!«

Als Iwan Zarewitsch am nächsten Morgen erwachte, hielt die Quakuschka das Brot schon lange bereit und es schmeckte so gut, dass es gar nicht zu sagen ist. Auch war das Brot ringsum kunstvoll verziert, und man sah ganze Städte mit Türmen und Mauern darauf.

Der Zar dankte Iwan Zarewitsch für das gute Brot und gab dann seinen Söhnen einen neuen Befehl: »Eure Frauen müssen mir jede in einer Nacht einen Teppich weben.« Da kam Iwan Zarewitsch wieder tief betrübt heim und ließ seinen mutigen Kopf tief hängen. »Qua, Qua, Zarewitsch, weshalb bist du so traurig? Hat dein Vater dir ein hartes Wort gesagt?«

»Wie sollte ich nicht traurig sein? Der Zar, mein Vater,

befiehlt, du sollst in einer Nacht einen seidenen Teppich für ihn weben.«

»Gräm dich nicht, Iwan Zarewitsch, sondern leg dich zur Ruhe. Der Morgen ist klüger als der Abend.«

Sie wartete, bis er eingeschlafen war, dann warf sie ihre Froschhaut ab und stand wieder da als Wunderkluge Wassilissa. So ging sie auf die Treppe vor dem Haus und rief mit lauter Stimme: »Ihr Ammen und Wärterinnen! Kommt schnell herbei, webt mir einen Teppich, so schön, wie der, auf dem ich zu Hause bei meinem Väterchen saß.« Wie gesagt, so getan. Und als Iwan Zarewitsch am Morgen erwachte, hielt Quakuschka den Teppich schon lange bereit. Er war so prachtvoll, wie man es sich kaum vorstellen kann, so schön gemustert und überall mit Gold und Silber verziert.

Der Zar dankte Iwan Zarewitsch für den Teppich und gab erneut einen Befehl. Die drei Söhne sollten mit ihren Frauen zu ihm zu einem Festmahl kommen. Wieder kehrte Iwan Zarewitsch traurig heim und ließ seinen mutigen Kopf tief hängen. »Qua, Qua, Iwan Zarewitsch, warum bist du so traurig? Hast du von deinem Vater ein hartes Wort gehört?«

»Wie sollte ich nicht traurig sein? Der Zar, mein Vater, befiehlt, dass ich mit dir zu einem Festmahl auf sein Schloss komme. Aber wie kann ich dich denn den Leuten zeigen?«

»Gräm dich nicht, Zarewitsch. Geh du allein voraus zum Zaren, ich komme nach. Und wenn du großen Lärm und Donnergepolter hörst, dann sage: ›Da kommt mein Frosch gefahren, meine Quakuschka!‹«

Als Iwan Zarewitsch beim Zaren eintraf, waren die älteren Brüder mit ihren prächtig herausgeputzten Frauen schon da. Sie standen beieinander und machten sich über Iwan Zarewitsch lustig. »Bruder, was heißt das, bist du ohne deine Frau gekommen, oder hast du sie in deinem Sacktuch mitgenommen? Wo hast du die Schöne nur gefunden? Du hast wohl den ganzen Sumpf abgesucht?«

Da erhob sich plötzlich ein so gewaltiges Getöse und Donnern, dass das ganze Schloss bebte. Die Gäste erschraken sehr, sprangen von ihren Sitzen auf und wussten nicht, was sie tun sollten. Iwan Zarewitsch aber sprach: »Fürchtet euch nicht, da kommt nur mein Fröschlein gefahren.«

Schon hielt eine vergoldete Kutsche vor der Schlosstreppe, die war mit sechs Pferden bespannt. Wassilissa die Wunderkluge stieg aus und sie war so schön, dass man es weder ausmalen noch erfinden, sondern nur im Märchen davon erzählen kann. Sie nahm Iwan Zarewitsch bei der Hand und führte ihn zu den Tischen, die mit feinen Tüchern gedeckt und voll der besten Speisen waren. Die Gäste aßen und tranken und waren fröhlich. Wassilissa die Wunderkluge trank ebenfalls und goss die letzten Tropfen aus ihrem Glas in ihren linken Ärmel. Dann aß sie ein Stück von einem gebratenen Schwan und steckte die Knöchelchen in ihren rechten Ärmel. Die Frauen der älteren Brüder sahen ihre Künste und machten ihr alles nach.

Als das Essen beendet war, tanzte Wassilissa die Wunderkluge mit Iwan Zarewitsch. Dabei winkte sie mit der linken Hand – und es entstand ein See. Sie winkte mit der rechten Hand – da schwammen weiße Schwäne auf dem See. Der Zar und seine Gäste waren voll Erstaunen! Als der Tanz zu Ende war, setzte sich Wassilissa nieder, um auszuruhen.

Jetzt gingen auch die anderen Schwiegertöchter zum Tanz. Sie wollten es ebenso machen wie Wassilissa und winkten mit der linken Hand – da waren alle Gäste mit Wein besprüht. Und als sie mit der rechten Hand winkten, flogen die Knochen dem Zaren geradewegs ins Gesicht. Da wurde der Zar böse und jagte beide Schwiegertöchter in Ungnade davon.

Unterdessen nutzte Iwan Zarewitsch den Augenblick und lief heimlich nach Hause. Dort nahm er die Froschhaut seiner Frau und verbrannte sie in einem großen Feuer.

Als Wassilissa die Wunderkluge heimkehrte, suchte sie ihre Froschhaut, konnte sie aber nirgendwo finden. Da klagte und weinte sie und sagte zu ihrem Mann: »Ach, Iwan Zarewitsch, was hast du getan? Hättest du noch ein wenig gewartet, wäre ich auf ewig dein gewesen. Jetzt aber muss ich fort von dir. Leb wohl! Wenn du mich wiederfinden willst, suche mich hinter dreimal neun Ländern, im dreimal zehnten Zarenreich beim unsterblichen Koschtschej.«

Darauf verwandelte sie sich in einen Schwan und flog zum Fenster hinaus. Iwan Zarewitsch aber weinte bitterlich, betete zu Gott, verneigte sich nach allen vier Seiten und zog hinaus in die Welt.

Nachdem er lange Zeit umhergelaufen war, traf er einen alten Mann. »Wackerer Bursche, sei gegrüßt«, sagte dieser, »was suchst du? Wohin geht dein Weg?« Da erzählte ihm der Zarewitsch von seinem Unglück.

»Ach, Iwan Zarewitsch, weshalb hast du die Froschhaut verbrannt? Du hattest sie ihr nicht angezogen, du hättest sie ihr nicht wegnehmen dürfen. Wassilissa die Wunderkluge war schon als Kind klüger als ihr Vater und konnte mehr als er. Darüber wurde er so zornig, dass er sie für drei Jahre in einen Frosch verwandelt hat. Hier hast du ein

Knäuel, geh ihm ruhig nach, wo immer es hinrollt.« Iwan Zarewitsch dankte dem Alten und folgte dem Knäuel. Als er so auf dem freien Feld dahinging, traf er einen Bären.

»Ei«, sagte der Zarewitsch, »dieses Tier will ich töten.«

»Töte mich nicht, Iwan Zarewitsch«, sprach da der Bär, »ich werde dir noch von Nutzen sein.«

So ging Iwan weiter, als er plötzlich über sich einen Enterich fliegen sah. Er zielte auf ihn und wollte den Vogel schießen. Da sprach der Enterich plötzlich: »Töte mich nicht, Zarewitsch. Ich werde dir noch nützlich sein.« Iwan ließ ihn leben und ging weiter.

Bald darauf lief ein Hase vorbei, auch den wollte der Zarewitsch schießen, aber der Hase sprach: »Verschone mich, Iwan Zarewitsch, du wirst mich noch brauchen.« So verschonte Iwan den Hasen und ging weiter, bis er an das blaue Meer kam. Da sah er im Sand einen Hecht liegen, der war nahe daran, zu verschmachten. »Ach, Iwan Zarewitsch«, sagte der Hecht, »hab Mitleid mit mir und wirf mich ins Meer.« Iwan Zarewitsch hob ihn auf, warf ihn ins Wasser und ging dann am Ufer weiter.

Ob der Weg kurz war oder lang – mit einem Mal rollte der Knäuel vor ein Hüttchen, das stand auf Hühnerfüßen und drehte sich immerzu. Da sprach der Zarewitsch:

»Hüttchen, Hüttchen, steh wie einst,
wie Mütterchen dich aufgebaut
zu mir mit deinem Angesicht
und kehr dem Meer den Rücken.«

Sogleich blieb das Hüttchen stehen, mit der Vorderseite zu ihm, und kehrte dem Meer den Rücken zu. Der Zarewitsch trat ein und sah: Oben auf dem Ofen lag die Baba

Jaga mit dem Knochenbein, ihre Nase reichte bis an die Zimmerdecke und der Schmutz lag bis an die Stubentür. Sie fletschte die Zähne und rief: »Heda, wackerer Bursche, was führt dich zu mir?«

»Ach, du altes Weib, du könntest mir wohl zunächst Speise und Trank reichen und mir ein Bad bereiten und dann erst fragen!« Die Baba Jaga setzte ihm Speise und Trank vor und heizte ihm das Bad ein. Dann erzählte der Zarewitsch ihr, dass er seine Frau, Wassilissa die Wunderkluge, suche.

»Ich weiß schon«, sagte die Baba Jaga, »aber die ist jetzt beim unsterblichen Koschtschej und schwer wiederzuerlangen. Mit Koschtschej wird man nicht so leicht fertig. Sein Tod sitzt in einer Nadel, die Nadel ist in einem Ei, das Ei ist in einer Ente, die Ente ist in einem Hasen, der Hase sitzt in einem Koffer, der Koffer aber steht auf einer hohen Eiche und diesen Baum hütet Koschtschej wie seinen Augapfel.« Daraufhin erklärte die Baba Jaga dem Zarewitsch, wo er den Eichenbaum finden könne, und er ging hin.

Hoch oben im Baum erblickte er den Koffer, aber er wusste nicht, wie er dorthin gelangen sollte. Plötzlich kam der Bär angerannt und riss den Baum mitsamt der Wurzel aus. Der Koffer fiel herab und zerbrach, da sprang ein Hase heraus und lief in größter Eile davon. Aber ein anderer Hase jagte ihm nach, holte ihn ein, packte ihn und zerriss ihn in kleine Stücke. Da flog aus dem Hasen eine Ente empor, hoch, hoch in die Luft, aber ein Enterich kam geflogen und setzte ihr nach. Gerade hatte er sie erreicht, da ließ sie ein Ei fallen – und das Ei fiel ins Meer. Als Iwan Zarewitsch dieses große Unglück sah, zerfloss er in Tränen. Auf einmal jedoch kam ein Hecht ans Ufer geschwommen und zwischen seinen Zähnen hielt er das Ei. Der Zarewitsch nahm das Ei heraus und schlug es auf, da fand er darin die Nadel.

Währenddessen war Koschtschej wütend in seinem Haus hin und her gelaufen und suchte nach einem Weg, seinem Tod zu entkommen. Als aber Iwan Zarewitsch die Nadel nahm und ihr die Spitze abbrach, fiel Koschtschej um und war auf der Stelle tot.

Iwan Zarewitsch aber ging zum Haus des Koschtschej und holte von dort Wassilissa die Wunderkluge. Dann führte er sie heim auf sein Schloss und sie lebten noch lange und glücklich miteinander.

JACK UND DIE BOHNENRANKE

England

Es war einmal eine arme Witwe, die hatte einen einzigen Sohn namens Jack und eine Kuh namens Milchweiß. Alles, was sie zum Leben hatten, war die Milch, die die Kuh jeden Morgen gab, die trugen sie zum Markt und verkauften sie. Doch eines Morgens gab Milchweiß keine Milch. Da wussten sie nicht, was sie tun sollten.

»Was sollen wir tun, was sollen wir tun?«, fragte die Witwe und rang ihre Hände.

»Nur Mut«, sagte Jack. »Ich gehe los und packe irgendwo mit an.«

»Das haben wir schon längst versucht und keiner hat dich haben wollen«, entgegnete die Mutter. »Wir müssen Milchweiß verkaufen und mit dem Geld einen kleinen Handel anfangen oder so was.«

»Gut, Mutter«, sagte Jack. »Heute ist Markt. Ich werde Milchweiß bald verkaufen. Und dann schauen wir, was zu machen ist.«

Er nahm den Strick der Kuh in die Hand und ging los. Weit war er noch nicht gekommen, da begegnete ihm ein sonderbar aussehender alter Mann. Der sagte zu ihm: »Guten Morgen, Jack.«

»Guten Morgen auch Euch«, erwiderte Jack und wunderte sich, woher der Alte seinen Namen wusste.

»Nun, Jack«, sagte der Mann, »wohin soll's gehen?«

»Ich gehe zum Markt, um die Kuh zu verkaufen.«

»Schau her, du siehst mir ganz nach dem Schlag Burschen aus, der Kühe verkauft«, erwiderte der Mann. »Ich frage mich, ob du weißt, wie viele Bohnen fünf ausmachen?«

»Zwei in jeder Hand und eine in Eurem Mund«, antwortete Jack, scharf wie ein Messer.

»In der Tat«, sagte der Mann. »Und hier sind sie, genau diese Bohnen«, fuhr der Mann fort und holte aus seiner Tasche eine Zahl seltsam aussehender Bohnen. »Da du so gewitzt bist, will ich dich nicht übers Ohr hauen – deine Kuh für diese Bohnen!«

»Zieht ab«, antwortete Jack »wäre das nicht das Beste?«

»Aha, du weißt nicht, was für Bohnen das sind!«, entgegnete der Mann. »Pflanzt du sie über Nacht, dann ranken sie am nächsten Morgen bereits bis in den Himmel.«

»Tatsächlich?«, fragte Jack »Das kann doch nicht wahr sein.«

»Doch, es ist so. Und wenn sich herausstellen sollte, dass es nicht stimmt, dann bekommst du deine Kuh zurück.«

»Abgemacht«, sagte Jack, übergab dem Alten den Strick von Milchweiß und steckte die Bohnen in die Tasche.

Jack ging heim. Und da er nicht sehr weit gelaufen war, war es noch nicht düster, als er vor seiner Tür anlangte.

»Schon zurück?«, fragte die Mutter. »Ich sehe, du kommst ohne Milchweiß. Also hast du sie verkauft. Wie viel hast du für sie bekommen?«

»Du wirst es nie erraten, Mutter«, antwortete Jack.

»Nein, wirklich? Braver Junge! Fünf Pfund? Zehn? Fünfzehn? Nein, es können doch keine zwanzig sein!«

»Ich habe dir gesagt, du rätst es nicht. Was sagst du zu

diesen Bohnen? Es sind Zauberbohnen. Pflanzt man sie am Abend ...«

»Was«, brach es da aus Jacks Mutter heraus, »bist du solch ein Narr, solch ein Einfaltspinsel, solch ein Schwachkopf und gibst meine Milchweiß, die beste Milchkuh im Sprengel und das beste Fleischrind obendrein, für eine Handvoll elender Bohnen? Nimm das! Und das und das! Und was deine kostbaren Bohnen hier betrifft, da fliegen sie aus dem Fenster! Und jetzt fort mit dir in die Klappe. Nicht einen Schluck zu trinken gibt es heute Abend und keinen Bissen zwischen die Zähne.«

Da ging Jack die Stiege hinauf zu seiner kleinen Kammer auf dem Boden. Und er war traurig und grämte sich, wer versteht das nicht, sowohl wegen seiner Mutter als auch wegen des verlorenen Abendbrots. Schließlich fiel er in Schlaf.

Als er aufwachte, schaute der Raum so sonderbar aus. Teilweise fiel die Sonne herein, doch der übrige Teil lag in dunklem Schatten. Da sprang Jack auf, zog sich an und ging zum Fenster. Und was glaubt ihr, was er zu sehen bekam? Da waren doch tatsächlich die Bohnen, die seine Mutter aus dem Fenster in den Garten geworfen hatte, aufgeschossen zu einer gewaltigen Bohnenranke, die wuchs und wuchs und wuchs – bis sie den Himmel erreichte. Der Alte hatte die Wahrheit gesprochen.

Und da die Bohnenranke gleich neben Jacks Fenster aufgewachsen war, brauchte er nichts anderes zu tun, als das Fenster zu öffnen und in die Ranke zu springen, die wie eine dicke Leiter draußen vorbeiführte. Und Jack kletterte und kletterte, kletterte und kletterte, kletterte und kletterte – bis er schließlich den Himmel erreichte. Und als er dort angelangt war, fand er einen langen, breiten Weg, der pfeilgeradeaus führte. Und er wanderte und wanderte ihn entlang, wanderte und wanderte – bis er zu einem großmächtigen Haus gelangte. Auf der Türschwelle stand ein gewaltiges Weib.

»Guten Morgen, Mütterchen«, sagte Jack mit ausgesuchter Höflichkeit. »Könntet ihr so liebenswürdig sein und mir ein bisschen Frühstück geben?« Er hatte rein nichts zu essen gehabt, ihr erinnert euch, seit gestern Abend. Und er war hungrig wie ein Jäger.

»Frühstück möchtest du haben?«, fragte das gewaltige Weib. »Zum Frühstück wirst du selber, wenn du dich hier nicht verziehst. Mein Mann ist ein Menschenfresser und es geht ihm nichts über gegrillte Knaben auf Toast. Du tätest besser daran, zu verschwinden, denn er wird gleich kommen.«

»Oh bitte, Mütterchen, gebt mir etwas zu essen, Mütterchen. Ich hatte seit gestern Morgen nicht ein Krümelchen zu essen, wahr und wahrhaftig, Mütterchen«, sagte Jack. »Ich könnte ebenso geröstet werden wie Hungers sterben.«

Nun, am Ende war des Menschenfressers Weib nicht halb so schlimm. Sie nahm Jack mit in die Küche, gab ihm einen Kanten Brot samt Käse und einen Krug Milch. Doch Jack war kaum zur Hälfte fertig damit, als – rums, rums, rums! – das ganze Haus zu beben begann von dem Lärm, den da einer beim Näherkommen vollführte.

»Der Himmel stehe mir bei! Das ist mein Alter!«, sagte des Menschenfressers Weib. »Was in aller Welt mache ich jetzt? Komm her, rasch, und schlüpf da hinein!« Und sie stopfte Jack in den Backofen, gerade als der Menschenfresser in die Küche trat.

Er war ein gewaltiger Brocken, darauf könnt ihr euch verlassen. An seinem Gürtel hatte er drei Kälber an ihren Fersen aufgehängt. Er hakte sie ab, warf sie auf den Tisch und sprach: »Weib, brat mir ein paar davon zum Frühstück. Ha, was rieche ich da?«

Fee-fi-fo-fam
Ich rieche das Blut eines Englischmann
Sei er lebendig oder tot
Ich zermahl ihm die Knochen
Und back draus mein Brot

»Unsinn, Liebling«, entgegnete sein Weib, »du träumst. Oder vielleicht sticht dir noch das Zusammengekratzte von dem kleinen Knaben in die Nase, der dir gestern so vorzüglich zum Abendessen geschmeckt hat. Und jetzt geh und wasch dich und putz dir die Fingernägel. Und wenn du zurückkommst, steht dein Frühstück für dich auf dem Tisch.« Da trollte er sich und Jack war drauf und dran, aus dem Backofen zu springen und davonzurennen. Doch da riet ihm das Weib, das lieber bleiben zu lassen. »Warte, bis er eingeschlafen ist«, sagte sie. »Nach dem Frühstück macht er stets ein Nickerchen.«

Also gut, der Menschenfresser aß sein Frühstück, dann ging er zu einer großen Kiste und holte ein paar Säcke Gold hervor. Damit setzte er sich an den Tisch und begann zu zählen, bis ihm der Kopf vornüber fiel und er zu schnarchen anfing, dass das ganze Haus abermals bebte.

Da stieg Jack auf Zehenspitzen aus dem Backofen und als er an dem Menschenfresser vorbeischlüpfte, nahm er einen Sack Gold unter den Arm – und ab ging's, bis er bei der Bohnenranke ankam. Da warf er den Sack

Gold hinunter, der natürlich in Mutters Garten fiel. Und schon kletterte er hinab, und er kletterte, bis er schließlich daheim war. Da erzählte er seiner Mutter alles, zeigte ihr das Gold und sagte: »Was sagst du nun, Mutter, hatte ich nicht recht mit den Bohnen? Es sind wirklich Zauberbohnen.«

So lebten sie eine Weile von dem Sack Gold. Doch schließlich ging es damit zu Ende. Und Jack beschloss, sein Glück noch einmal am Ende der Bohnenranke zu versuchen. Eines schönen Morgens stand er zeitig auf, stieg in die Bohnenranke und er kletterte und kletterte, kletterte und kletterte, kletterte und kam am Ende wieder auf den Weg und zu dem großmächtigen Haus, in dem er schon einmal gewesen war. Und da stand auch tatsächlich wieder das gewaltige Weib auf der Schwelle.

»Guten Morgen, Mütterchen«, sagte Jack, frech wie Messing. »Könntet Ihr wohl so liebenswürdig sein und mir etwas zu essen geben?«

»Zieh ab, mein Junge«, sagte das gewaltige Weib, »oder mein Mann wird dich zum Frühstück verknuspern. Aber bist du nicht der Knabe, der schon einmal hierhergekommen ist? Stell dir vor, genau seit diesem Tag vermisst mein Mann einen seiner Goldsäcke!«

»Das ist in der Tat merkwürdig, Mütterchen«, antwortete Jack. »Und ich glaube sogar, dass ich Euch dazu etwas sagen kann. Aber ich bin so hungrig, dass ich gar nicht reden kann, bis ich etwas zu essen bekommen habe.«

Das gewaltige Weib war natürlich so neugierig, dass es Jack mit hineinnahm und ihm etwas zu essen gab. Aber Jack hatte kaum angefangen zu kauen, als – rums, rums, rums! – die Schritte des Menschenfressers sich hören ließen und sein Weib Jack im Backofen versteckte.

Alles geschah wie zuvor. Der Menschenfresser trat herein, rief »Fee-fi-fo-fam!« und bekam zum Frühstück drei gegrillte Ochsen. Dann sagte er: »Weib, bring mir die Henne, die goldene Eier legt!«

Sie brachte die Henne und der Menschenfresser sagte: »Leg!« Und die Henne legte Eier, ganz aus Gold. Dann fiel dem Menschenfresser der Kopf vornüber und er begann zu schnarchen, dass das Haus bebte.

Da stieg Jack auf Zehenspitzen aus dem Backofen, schnappte sich die goldene Henne und schon war er auf und davon. Doch diesmal gab die Henne ein Gekakel von sich und das weckte den Menschenfresser. Genau in dem Augenblick, als Jack das Haus verließ, hörte er den Menschenfresser rufen: »Weib, Weib, was hast du mit meiner goldenen Henne gemacht?«

Und das Weib antwortete: »Wieso, mein Lieber?«

Doch das war auch alles, was Jack mitbekam, denn er stürzte davon zu seiner Bohnenranke und hangelte sich hinunter, als stünde über ihm das Haus in Feuer. Und als er ankam, zeigte er seiner Mutter die wunderbare Henne, sagte »Leg!« zu ihr und sie legte jedes Mal ein goldenes Ei, wenn er »Leg!« zu ihr sagte.

Doch damit war Jack noch immer nicht zufrieden. Es dauerte nicht lange, bis er beschloss, noch einmal sein Glück am Ende der Bohnenranke zu versuchen. An einem schönen Morgen also erhob er sich zeitig, stieg in die Bohnenranke und er kletterte und kletterte, kletterte und kletterte, bis er oben angekommen war. Doch diesmal wusste er etwas Besseres, als geradewegs auf das Haus des Menschenfressers zuzugehen. Als er in die Nähe gelangt war, wartete er hinter einem Busch, bis des Menschenfressers Weib mit einem Eimer herauskam, um Wasser zu schöpfen. Da schlich er sich in das Haus und versteckte sich im Waschkessel.

Er war noch nicht lange dort, da hörte er – rums, rums, rums! –, wie er das auch schon zuvor gehört hatte. Und herein kamen der Menschenfresser und sein Weib.

»Fee-fi-fo-fam, ich rieche das Blut eines Englischmann!«, schrie der Menschenfresser. »Ich rieche ihn, Weib, ich rieche ihn!«

»Tatsächlich, mein Liebling?«, sagte das Weib des Menschenfressers. »Wenn es der kleine Schurke ist, der dein Gold gestohlen hat und dann die Henne, die goldene Eier legt, dann ist er sicher in den Backofen gekrochen. Und die beiden stürzten zum Backofen. Aber Jack war nicht im Backofen – was für ein Glück. Und des Menschenfressers Weib sagte: »Das hast du von deinem ›Fee-fi-fo-fam‹! Ist doch klar, das ist der Junge, den du gestern Abend gefangen hast und den ich gerade für dein Frühstück gegrillt habe. Wie vergesslich ich bin und wie liederlich von dir, nach all den Jahren noch nicht den Unterschied zwischen lebendig und tot zu riechen.«

Da setzte sich der Menschenfresser an sein Frühstück und aß es. Doch zwischendurch murrte er immer wieder: »Ich hätte schwören können ...« Dann stand er auf, suchte die Speisekammer ab, die Schränke und sonst was – nur an den kupfernen Waschkessel dachte er glücklicherweise nicht.

Als er sein Frühstück beendet hatte, rief der Menschenfresser: »Weib, Weib, bring mir meine goldene Harfe!« Da brachte sie ihm die goldene Harfe und setzte sie vor ihm auf den Tisch. Der Menschenfresser sagte: »Harfe, sing!«, und die goldene Harfe sang einfach wunderbar. Und sie fuhr fort zu singen, bis der Menschenfresser in Schlaf fiel und zu schnarchen begann, dass es das Haus wie Donner erfüllte.

Da hob Jack ganz leise den Kupferdeckel, stieg mäuschenstill aus dem Waschkessel, kroch auf Händen und Knien zum Tisch, richtete sich auf, ergriff die goldene Harfe und stürzte mit ihr zur Tür. Aber die Harfe schrie laut: »Meister, Meister!« Und der Menschenfresser wachte gerade noch rechtzeitig auf, um Jack mit seiner Harfe davonrennen zu sehen.

Jack rannte, so rasch er nur konnte, und der Menschenfresser stürzte hinterher und hätte ihn gewiss auch bald erwischt, aber Jack hatte einen Vorsprung, schlug ein paar Haken und wusste, wohin er wollte. Als er zur Bohnenranke kam, war der Menschenfresser höchstens zwanzig Schritte hinter ihm – da sah er mit einem Mal Jack vor sich verschwinden. Und als er selbst zum Ende des Wegs kam, sah er Jack unter sich um das liebe Leben abwärtsklettern.

Nun, dem Menschenfresser gefiel es nicht, sich einer solchen Leiter anzuvertrauen. Er hielt an und zögerte, sodass Jack weiter Vorsprung gewann. Doch da schrie die Harfe: »Meister, Meister!« Und der Menschenfresser schwang sich hinab in die Bohnenranke, die sich unter seinem Gewicht schüttelte. Jack kletterte abwärts und der Menschenfresser stieg ihm nach. Aber Jack hastete hinab, kletterte und kletterte und kletterte – bis er beinahe zu Hause war. Da rief er: »Mutter, Mutter! Bring mir eine Axt, bring mir eine Axt!« Und die Mutter stürzte heraus mit einer Axt in der Hand. Doch als sie zur Bohnenranke kam, stand sie starr vor Schreck, denn da erblickte sie den Menschenfresser, wie er mit den Beinen gerade aus den Wolken kam.

Aber Jack sprang ab, ergriff die Axt und versetzte der Bohnenranke einen Hieb, der sie zur Hälfte durchschlug. Der Menschenfresser spürte die Ranke zittern und beben. Da hielt er inne, um zu sehen, was da vor sich ging. Doch Jack schlug noch einmal zu mit der Axt und da war die Bohnenranke ganz durchgeschlagen und begann zu stürzen. Der Menschenfresser fiel aus der Ranke und brach sich das Genick. Und die Bohnenranke stürzte hinterdrein.

Dann zeigte Jack seiner Mutter die goldene Harfe und Jack und seine Mutter ließen die Harfe bestaunen, verkauften die goldenen Eier und wurden sehr reich. Und Jack heiratete eine ganz besondere Prinzessin und sie lebten glücklich allezeit.

KÖNIG LINDWURM

Dänemark

Da war ein König, der hatte eine sehr schöne Königin. Als sie Hochzeit gehalten hatten und in der ersten Nacht schlafen gingen, stand nichts auf ihrem Bett geschrieben. Aber als sie aufstanden, stand dort geschrieben, dass sie keine Kinder haben würden. Das betrübte den König sehr, aber die Königin noch viel mehr. Sie meinte, es sei eine schwere Last, keinen Erben für das Reich zu erhalten. Eines Tages ging sie in tiefen Gedanken einher und geriet an eine abgelegene Stelle. Da begegnete ihr eine alte Frau, die fragte, ob sie wissen dürfe, was die Königin so verhärme. Die Königin blickte auf und antwortete: »Oh, dir das zu sagen hat keinen Zweck. Das ist eine Angelegenheit, bei der du mir nicht helfen kannst.«

»Vielleicht doch«, entgegnete die Alte. Und sie bat, es ihr dennoch zu sagen. Nun ja, meinte die Königin, sie könne es ja sagen. Und sie berichtete, was da nach der Brautnacht auf dem Bett geschrieben stand: dass sie keine Kinder haben sollten. Und dass sie das so sehr bekümmere. Da könne sie ihr schon raten, antwortete die Alte, sie könne schon Kinder bekommen. Am Abend, wenn die Sonne untergehe, solle sie einen Zuber nehmen und umgestülpt in die Nordwestecke des Gartens legen. In der Frühe, wenn die Sonne aufgeht, solle sie den Zuber wieder aufheben. Dann würden zwei Rosen darunter stehen, eine rote und eine weiße. Breche sie die rote und esse sie, so werde es ein Junge, nehme sie die weiße, werde es ein Mädchen. Aber beide dürfe sie nicht essen.

Die Königin ging heim und tat, wie die Alte ihr geheißen hatte. Am Morgen, als die Sonne aufging, ging sie hinunter in den Garten, hob den Zuber auf und fand die beiden Rosen: eine rote und eine weiße. Nun wusste sie nicht, welche sie nehmen und essen sollte. Nahm sie die rote, so würde es ein Junge. Der konnte im Krieg erschlagen werden und dann hätte sie wieder kein Kind. Da meinte sie, es sei besser, die weiße zu nehmen. Dann bekomme sie ein Mädchen und das könne zu Hause bei ihnen bleiben, dann verheiratet werden und ein anderes Königreich erhalten. Da nahm sie die weiße Rose und aß sie auf. Aber sie schmeckte so vortrefflich, dass sie auch noch die rote nahm und verzehrte. Sie dachte bei sich: ›Werden Zwillinge daraus, wird es auch nicht schwerer.‹

Nun traf es sich aber, dass der König fortmusste in den Krieg. Als die Königin merkte, dass sie schwanger geworden, schrieb sie ihm und ließ ihn wissen, was war. Darüber wurde der König sehr froh. Das währte eine Weile und als die Zeit erfüllt war und die Königin gebären sollte, da brachte sie einen Lindwurm zur Welt. Kaum war er geboren, kroch er unter das Bett in der Schlafkammer und da richtete er sich ein und blieb dort. Nach einiger Zeit kam ein Schreiben des Königs, dass er in Kürze heimkehre. Und als der König dann nach Hause kam, fuhr er mit seiner Kutsche in den Hof und die Königin ging hinaus, um ihn zu empfangen. Da kam auch der Lindwurm, um den König willkommen zu heißen. Er sprang an der Kutsche hoch und sagte: »Willkommen daheim, Vater!«

»Was?«, sagte der König. »Bin ich dein Vater?«

»Ja, doch falls du mein Vater nicht sein willst, mache ich dich und dein Schloss zu Kleinholz.« Da musste er zustimmen. Sie traten ein und die Königin musste bekennen, was sich zugetragen hatte mit ihr und der alten Frau. Ein paar Tage darauf versammelten sich der Rat und alle Vornehmen, um den König willkommen zu heißen und ihn zum Sieg über seine Feinde zu beglückwünschen. Da kam auch der Lindwurm und sprach: »Jetzt will ich verheiratet werden, Vater!«

»Ja, wer glaubst du, will dich haben?«, entgegnete der König.

»Falls du mir keine Frau verschaffst, ob jung oder alt, groß oder winzig, reich oder arm, dann mache ich dich und dein Schloss zu Kleinholz.«

Der König schrieb an alle Königreiche, ob jemand seinen Sohn haben wolle. Da kam eine sehr schöne Königstochter. Aber sie fand es ziemlich wunderlich, dass sie nie den zu sehen bekam, den sie heiraten sollte, bis sie in den Saal kam, in dem sie getraut werden sollte. Da trat der Lindwurm ein und stellte sich neben sie. Der Hochzeitstag ging zu Ende und sie sollten miteinander in die Kammer. Sobald er mit ihr darinnen war, machte er sie zu Kleinholz.

Die Zeit verging und der Geburtstag des Königs kam. Als sie alle zu Tisch saßen, erschien auch der Lindwurm und sagte: »Jetzt will ich heiraten, Vater!«

Der König antwortete: »Wer, glaubst du denn, will dich heiraten?«

»Ja, falls du mir keine Frau verschaffst, sei sie so oder so, dann mache ich dich und das Schloss zu Kleinholz.«

Der König schrieb an viele Königreiche, ob jemand des Königs Sohn heiraten wolle. Da kam wiederum eine sehr schöne Königstochter, von weit her. Den Bräutigam bekam sie nicht eher zu sehen, als er den Saal betrat, in dem die beiden getraut werden sollten. Da erschien der Lindwurm und stellte sich ihr zur Seite. Doch als der Hochzeitstag um war und sie miteinander die Kammer betraten, machte der Lindwurm Kleinholz aus ihr.

Eine Weile danach hatte die Königin Geburtstag. Da kam der Lindwurm herein, als alle zu Tisch saßen, und sagte abermals: »Jetzt will ich heiraten, Vater!«

»Jetzt kann ich dir keine Frau mehr herbringen. Jetzt wollen die beiden mächtigen Könige, deren Töchter ich dir verschafft hatte, Krieg gegen mich führen. Wie soll ich mit denen fertig werden?«

»Ja, lass sie nur kommen«, entgegnete der Lindwurm. »Solange du mich zum Freund hast, mögen sie nur kommen und wenn es zehn Könige wären. Aber wenn du mir keine Frau verschaffst, ob jung oder alt, ob groß oder winzig, ob reich oder arm, dann mache ich dich und dein Schloss zu Kleinholz.«

Der König musste es geloben, aber es fasste ihn tiefer Kummer. Da gab es jedoch einen alten Mann auf dem Königsgut, einen Schafhirten. Er hatte ein winziges Haus im Wald und er hatte auch eine Tochter. Zu ihm ging der König und sagte: »Hör zu, guter Mann! Willst du mir nicht deine Tochter für meinen Sohn überlassen?«

»Oh nein, das kann ich nicht machen. Zum einen habe ich bloß das eine Kind, um mich im Alter zu versorgen. Und zum anderen wird er sie, wenn er so schöne Königstöchter nicht verschont hat, auch nicht verschonen. Und das, meine ich, ist Sünde.« Aber der König wollte sie haben und der Alte musste nachgeben.

Der alte Schafhirte ging heim und berichtete seiner

Tochter davon. Sie grämte sich sehr und ging in tiefen Gedanken in den Wald. Als sie so dahinging, kam eine alte Frau daher, die ebenfalls in den Wald wollte, um Wildbeeren und Wildäpfel zu pflücken. Sie trug einen roten Rock und eine blaue Jacke.

»Was grämt dich so?«, fragte sie.

»Ich habe wohl Grund genug, mich zu grämen. Doch es hilft nicht weiter, es dir zu sagen. Du kannst mir dabei doch nicht helfen.«

»Oh, das könnte vielleicht doch geschehen«, entgegnete die Alte. »Sag es mir nur.«

»Ja, das ist so: Ich soll den Sohn des Königs heiraten und das ist ein Lindwurm. Er hat zwei Königstöchter ums Leben gebracht und ich bin sicher, dass er auch mich ums Leben bringt.«

»Oh«, meinte die Alte, »da könnte wohl Rat werden, falls du auf mich hören willst.« Ja, das wollte sie.

»Wenn du mit ihm vor dem Priester gestanden hast und weißt, dass du nun in die Kammer sollst, so musst du zehn Hemden anhaben. Hast du keine zehn Hemden, so musst du sie leihen. Und dann musst du einen Kübel voll Lake verlangen und einen Kübel süßer Milch und so viele Ruten, wie ein Knecht unter einem Arm tragen kann. Das alles muss in die Kammer gebracht werden. Sobald er hineinkommt, sagt er: ›Schöne Jungfrau, zieh dein Hemd aus!‹ Darauf sag: ›König Lindwurm, zieh deine Haut aus!‹ Und so wird es weitergehen, so wird er zu dir sagen und du wirst so zu ihm sagen, bis du deine neun Hemden abgelegt hast und er seine neun Häute. Aber er hat nicht mehr als neun Häute, doch du hast noch immer ein Hemd. Dann nimm ihn, er ist nichts anderes mehr als ein blutiger Fleischklumpen. Und jetzt musst du die Ruten in die Lake tauchen und ihn damit peitschen, so lange, bis du glaubst, er müsse gleich zerfetzt sein. Dann wasch ihn in der süßen Milch, wickle ihn in deine neun Hemden und leg ihn in deinen Arm. So lass dich in Schlaf fallen, auch wenn es nur ganz kurz ist.«

Ja, da dankte sie für die gute Unterweisung, aber bange war sie gleichwohl doch. Das war keine Kleinigkeit, was ihr da mit einem solch grausamen Tier bevorstand.

Der Hochzeitstag kam und sie fuhren vor mit einer gewaltigen und prächtigen Kutsche. Zwei Damen saßen darin, die sollten sie wie die allerschönste Braut schmücken. So kamen sie ins Königsgut und sie ging in den Saal. Der Lindwurm kam herein, stellte sich ihr zur Seite, und sie wurden getraut. Als es Abend wurde, sollten sie ins Brautbett. Da verlangte sie einen Kübel voll Lake, einen Kübel süßer Milch und auch die Ruten. Die Herren machten sich lustig darüber, das sei dummes Gewäsch, bäurischer Aberglaube und Einbildung. Aber der König sagte: »Was sie verlangt, das soll sie haben«, und sie bekam es. Bevor sie die Kammer betrat, zog sie neun Hemden über das eine, das sie bereits trug. Und so gingen sie in die Kammer und der Lindwurm sagte: »Schöne Jungfrau, zieh dein Hemd aus!«

»König Lindwurm«, entgegnete sie, »zieh deine Haut aus!«

Und so ging das weiter, bis sie ihr neuntes Hemd ausgezogen hatte und er seine neunte Haut. Da fasste sie Mut, denn er lag auf dem Boden und konnte sich kaum rühren und das Blut troff herab. Sie nahm die Ruten, tauchte sie in die Lake und peitschte ihn, so stark sie konnte, und das so lange, wie noch etwas von den Ruten übrig war. Dann tauchte sie ihn in die süße Milch, wickelte ihn in die neun Hemden, ging zu Bett und legte ihn sich in den Arm. Schließlich fiel sie in Schlaf. Sie schlief lange und als sie wieder erwachte, lag ein schöner Königssohn in ihrem Arm.

Der Morgen kam. Die einen wagten es nicht, hinzugehen und einen Blick durch die Tür der Brautkammer zu werfen, und die anderen wagten es ebenso wenig, denn jeder dachte, es sei ihr ebenso ergangen wie den beiden Bräuten zuvor. Da machte sich der König auf, um in die Kammer zu schauen. Als er die Brautkammertür lüpfte, sagte sie: »Komm nur herein. Es steht gut.«

Der König kam herein – und er war so froh! Er holte die Königin und all die anderen herbei. Und das wurde ein großes Glückwünschen über dem Brautbett, solch ein Glückwünschen über einem Brautbett hatte es noch nie gegeben. Da standen sie auch gleich auf, gingen in eine andere Kammer und ließen sich dort ankleiden, denn in der Brautkammer sah es schrecklich aus. Es wurde abermals Hochzeit gefeiert, mit Freude und Vergnügen, und der König und die Königin hatten ihre Schwiegertochter von Herzen gern. Sie wussten gar nicht, was sie ihr zuliebe alles tun sollten, weil sie ihren Sohn erlöst hatte.

Eine Weile darauf wurde sie schwanger. Aber da war abermals Krieg und sowohl der alte König als auch König Lindwurm mussten in den Krieg ziehen. Die Zeit erfüllte sich, sie kam nieder und gebar zwei schöne Knaben. Zu dieser Zeit diente der Ritter Rot am Königshof. Er sollte dem König den Brief bringen, in dem stand, dass sie zwei Knaben geboren habe. Als er fast angelangt war, brach er den Brief auf und schrieb einen anderen: dass sie zwei Hundewelpen geboren habe. Der König erhielt den Brief und wurde traurig darüber. Es kam ihm sonderbar vor, dass sie Welpen geboren hatte. Er hatte eher gefürchtet, dass sie etwas vom Schlag der Lindwürmer zur Welt gebracht habe. Und so antwortete er, dass man leben lassen solle, was auch immer sie zur Welt gebracht habe, bis er heimkehre. Diesen Brief sollte der Ritter Rot zum Königsgut bringen. Doch als er eine Weile geritten war, erbrach er auch diesen Brief und schrieb einen anderen: dass man sie und ihre Kinder verbrennen solle.

Über diesen Brief grämte sich die alte Königin sehr, denn sie liebte die junge Frau. Bald darauf kam wieder ein Brief vom König, in dem er schrieb, wann er heimkehren werde. Das erschreckte die alte Königin und sie wusste nicht, was sie tun sollte. Die alte Königin konnte es nicht übers Herz bringen, die junge Frau verbrennen zu lassen. Sie brachte die Kinder bei einer Amme in Sicherheit und dachte, ihr Sohn werde besseren Sinnes werden, sobald er heimkehre. Und der jungen Königin gab sie etwas zu essen und etwas Geld mit und hieß sie in den Wald gehen.

Die junge Königin ging also in den Wald und lief einen Tag lang und noch einen Tag, und es war ihr sehr elend zumute. Da wurde sie eines hohen Berges gewahr und den erklomm sie. Auf dem Berg gab es drei Sitze. Sie setzte sich auf den mittleren. Da saß sie und nahm sich die Milch ab, denn die Milch, die sie für ihre beiden Kinder hatte, quälte sie sehr. Da kamen zwei große Vögel und setzten sich links und rechts ihr zur Seite, ein Schwan und ein Kranich, und sie saß da und drückte den beiden Vögeln die Milch in die Schnäbel – so nahe hielten sie ihre Schnäbel hin. Und noch während sie so saßen, wurden die beiden Vögel zu den schönsten Königssöhnen, die man je gesehen hat, und der Berg wurde zum schönsten Königsschloss, das man sich vorstellen kann – mit Volk und Tieren, Gold und Silber und allem, was dazugehört. Auf all dem hatte ein Zauber gelegen, dass niemals Umkehr und Besserung werden solle, bevor der Schwan und der Kranich nicht die Milch einer Königin zu trinken bekämen, die zuvor zwei Knaben zur Welt gebracht hätte. Von da an lebte sie mit König Schwan und König Kranich und der eine wollte sie zur Frau haben und der andere auch: Sie hatte beide erlöst.

Unterdessen kam König Lindwurm heim und fragte nach seiner Frau. »Ja«, sagte die alte Königin, »du hast es nötig, nach ihr zu fragen! Du bist mir der Rechte. Hast du etwa daran gedacht, dass sie dich aus deinem großen Elend erlöst hat? Du hast es fertiggebracht, zu schreiben, dass wir sie und die Kinder verbrennen sollen. Du solltest dich schämen!«

»Nein«, entgegnete König Lindwurm, »ihr habt mir geschrieben, sie habe Hundewelpen geboren, und ich schrieb, ihr sollt leben lassen, was immer sie zur Welt gebracht habe, bis ich heimkomme.« Sie redeten hin und her, aber endlich kamen sie dahinter, dass der Ritter Rot die Hand im Spiel gehabt haben musste. Er wurde ergriffen und musste bekennen. Man steckte ihn in eine Nageltonne, es wurden vier Pferde vorgespannt und sie rannten mit ihm über Heide und Moor.

Der König grämte sich schrecklich wegen seiner Frau und seiner Kinder, als er hörte, dass sie zwei schöne Knaben zur Welt gebracht hatte. Da sagte die alte Königin: »Gib dich zufrieden, die Kinder sind gut aufgehoben. Sie sind bei zwei Ammen. Aber ich weiß nicht, wie es um ihre Mutter steht. Sie hat etwas zu essen erhalten und etwas Geld bei sich. Sie ging hinaus in den Wald, doch wir haben seitdem nichts gehört von ihr.«

Sofort befahl er, die Kinder heimzuholen, und dann nahm er etwas zu essen und etwas Geld mit und ging in den Wald, um sie zu suchen. Er ging zwei oder drei Tage und forschte nach ihr, aber er fand sie nicht. Schließlich gelangte er zu dem Schloss im Wald. Vor dem Tor fragte er die Leute, ob sie nicht eine fremde Jungfrau im Wald haben einhergehen sehen. Nein, sie hatten keine gesehen.

Da wollte er in das Schloss und schauen, was das für Königsleute seien, die da in dem Schloss wohnten. Und so ging er hinein und trat in den Saal. Doch kaum war er eingetreten, da erblickte er seine Frau und sie erblickte ihn. Aber sie bekam es mit der Angst, denn sie glaubte, er suche sie, weil er sie verbrennen lassen wolle, und sie floh. Da jedoch betraten König Schwan und König Kranich den Saal, sie kamen ins Gespräch und wurden gut Freund miteinander. Die Könige luden König Lindwurm zum Essen ein. Da sagte er, dass es ihm so vorgekommen sei, als hätten sie eine sehr schöne Jungfrau hier im Schloss. Woher sie sei? Sie antworteten, ja, sie sei ein sehr guter Mensch, sie habe sie beide erlöst. Da wollte er gern wissen, wovon sie die beiden erlöst habe, und sie erzählten ihm die ganze Geschichte.

Ja, meinte er, auch er könne sie gut leiden. Ob sie nicht eine Übereinkunft treffen könnten? Sie könnten dafür sorgen, dass etwas zu viel Salz ins Essen käme, und derjenige, den sie einlade, ihr zuzutrinken, der solle sie haben. Damit waren die Königssöhne gern einverstanden, denn so konnte gleich mit entschieden werden, wer von ihnen beiden sie haben sollte. Es kam ihnen gar nicht in den Sinn, sie könne den Fremden bitten, ihr zuzutrinken.

So ließen sie die junge Königin holen und als das Mahl begann, sagte sie: »Mir kommt das Essen versalzen vor.

König Schwan ist mir nahe, König Kranich hat mich gern und König Lindwurm trinkt mir zu.« Und sogleich nahm er die Silberkanne in die Hand, trank auf ihr Wohl und die beiden anderen tranken auf das ihre. Und dann mussten sie ebenso auf ihr gemeinsames Wohl trinken, auch wenn es sie verdross. Da erzählte König Lindwurm ihnen, dass sie auch ihn erlöst habe, lange bevor sie König Schwan und König Kranich erlöste. Und deshalb, meinte er, stünde er ihr am nächsten. Da antworteten die beiden, das hätte er ihnen vorher sagen sollen, dann hätte er sie gleich haben können. Ja, entgegnete er, da war ich nicht so sicher.

Darauf zog er mit seiner Frau heim zu ihren Söhnen. König Schwan behielt das Schloss im Wald und gewann eine Königstochter aus einem anderen Reich. Und König Kranich gelangte in ein anderes Königreich und heiratete dort. Es war also keiner leer ausgegangen. König Lindwurm und seine Königin aber lebten gut und in Ehren miteinander, ein Leben lang. Sie waren glücklich und hatten viele Kinder.

Als ich das letzte Mal dort war, erhielt ich einen Mehlbrei aus Zinn zu essen und als Teller ein Sieb.

DIE REISE ZUR SONNE

Slowakei

An einem Königshof lebte einmal ein Küchenjunge. Er war zwar nur ein Küchenjunge, aber hätte man ihm prächtige Kleider angelegt, er wäre der schönste und beste Bursche im ganzen Land gewesen. Er und die Königstochter, die ein Jahr jünger war als er, befreundeten sich miteinander und es verging kein Tag, an dem die Prinzessin sich nicht mit ihm im königlichen Garten vergnügte.

Den Ratgebern des Königs war das gar nicht recht. Eine Prinzessin und ein Küchenjunge, das durfte nicht sein! Und so forderten sie den alten König auf, ihn fortjagen zu lassen. Der alte König machte es so, wie seine Ratgeber gesagt hatten, und befahl, den Küchenjungen vor die Tür zu setzen. Die Prinzessin aber brach in Tränen aus, sobald sie ihn nur anrührten, denn sie hatte ihn sehr lieb und wusste nicht, was sie ohne ihn machen sollte. »Ei was!«, dachte da der alte König bei sich, »sie sind ja noch Kinder, mit der Zeit werden sie schon zu Verstand kommen!«, und ließ alles beim Alten.

Es blieb also alles, wie es war. Die Kinder spielten miteinander, und niemand durfte sie daran hindern. Allmählich hörten die beiden auf, Kinder zu sein, ihre Freundschaft aber blieb bestehen und wurde von Tag zu Tag inniger und fester. Die Prinzessin wuchs heran und kam ins Heiratsalter und von allen Enden der Welt kamen

Königssöhne herbei und warben um sie. Der königliche Palast war erfüllt von Musik und Becherklang und es gab die köstlichsten Speisen in Hülle und Fülle. Die Prinzessin hätte zehn Königssöhne für einen haben können, aber sie zog sich von allen zurück, sobald sie nur konnte, und eilte zu ihrem Küchenjungen. Und wenn der Vater sie fragte, welcher der Freier ihr gefalle und wen sie zum Gemahl wolle, so antwortete sie immer, dass ihr der Küchenjunge am besten gefalle, und sie keinen außer ihm zum Gemahl nehmen wolle.

Das ärgerte den alten König gewaltig. »So viele Königssöhne und sie will ausgerechnet einen Küchenjungen!« Er rief seine Ratgeber zu sich und fragte sie, was er tun solle. Die Räte empfahlen ihm sogleich, den Küchenjungen umbringen zu lassen. Dem guten König jedoch erschien es unrecht, einen unschuldigen Jungen töten zu lassen. »Erlauchter König«, sprach da der weiseste der Ratgeber, »wenn es dir unrecht erscheint, so schicken wir ihn auf gute Art irgendwohin, von wo er auch in hundert Jahren nicht zurückkehren kann. Erteile ihm diesen Befehl: Er soll zur Sonne gehen und sie fragen, warum sie vormittags immer höher steigt und alles mehr und mehr erwärmt und warum sie am Nachmittag immer niedriger sinkt und alles mehr und mehr abkühlt!«

Dieser weise Rat gefiel dem König. »Auf jeden Fall«, sprach er, »wird meine Tochter ihn vergessen, wenn sie ihn so lange nicht sieht.« Sie riefen sogleich den Küchenjungen, gaben ihm Geld für den Weg und schickten ihn zur Sonne, um Antwort auf die Frage zu bringen.

Unter Tränen verabschiedete sich die Königstochter von ihrem Freund und mit schwerem Herzen machte er sich auf den Weg. Niemand konnte ihm raten und sagen, welchen Weg er nehmen solle. Also verließ er sich auf sich selbst und ging nicht der Sonne entgegen, sondern der Sonne hinterher, gerade dorthin, wo sie niedersinkt.

Er ging und ging durch öde Wälder und auf unwegsamen Pfaden, bis er nach langer Wanderung in ein fremdes Land kam, wo ein mächtiger, aber blinder König herrschte. Als der König erfuhr, woher er kam und wohin er zu gehen beabsichtigte, ließ er ihn sogleich vor seinen goldenen Thron rufen, denn er brauchte einen Rat, den ihm niemand anders als die Sonne erteilen konnte. Also kam der Küchenjunge zu dem blinden König.

»Du gehst zur Sonne, mein Sohn?«

»So ist es in der Tat.«

»Nun, wenn du hinkommst, so frage die Sonne doch, warum ich, ein so mächtiger König, auf meine alten Tage erblindet bin. Bringst du mir die Antwort, so gebe ich dir die Hälfte meines Königreichs.« Der Küchenjunge versprach es, erhielt Geld und zog der Sonne immer weiter nach über Berg und Tal, bis er zu einem großen Meer kam.

Das Meer war breit und tief, er konnte weder rechts noch links daran vorbei, und gerade sank hinter dem Meer die Sonne nieder. Was sollte er tun? Nachdenklich ging er am Ufer hin und her. Wie er so nachdachte, kam ein großer Fisch zu ihm hingeschwommen. Halb war der Fisch über dem Wasser und halb unter dem Wasser. Sein Bauch sah aus wie bei andern Fischen auch, sein Rücken aber funkelte wie eine glühende Kohle und das kam vom Glanz der Sonne.

»Woher kommst du?«, fragte ihn der Fisch. »Was machst du hier? Und wohin gehst du?«

»Was ich mache? Wohin ich gehe? Ich möchte gern auf

die andere Seite, denn ich muss zur Sonne, um sie etwas zu fragen. Ich kann aber nicht hinüber zu ihr.«

»Zur Sonne willst du? Nun, du sollst hingelangen, ich will dich hinübertragen, wenn du sie fragst, warum ich, ein so großer Fisch, mich nicht auf den Grund des Wassers niederlassen kann, wie alle anderen Fische auch. Willst du sie das fragen?«

»Ich will«, entgegnete der Küchenjunge, und schon saß er auf dem Rücken des Fisches, der ihn glücklich zum anderen Ufer hinübertrug. »Komm wieder hierher zurück, ich will auf dich warten«, sagte der Fisch, und der Küchenjunge versprach es ihm. Dann ging er weiter durch fremde und wüste Gegenden, wo es kein einziges Lebewesen mehr gab.

Schon war er nicht mehr weit entfernt vom Ende der Welt, da sah er die Sonne nah vor sich zur Erde herabsinken. Er beeilte sich, sosehr er nur konnte, und als er hinkam, ruhte sich die Sonne eben im Schoß ihrer Mutter aus. Er verneigte sich vor ihnen und sie grüßten ihn freundlich. Da erzählte er ihnen, warum er gekommen war, und sie ermunterten ihn, seine Fragen zu stellen. Also sagte er: »Wie kommt es, dass die Sonne am Vormittag immer höher und höher steigt und immer mehr wärmt, nachmittags aber wieder niedersinkt und immer schwächer und schwächer wird?«

Die Sonne antwortete: »Ei, mein Lieber, frage doch deinen Herrn, warum er nach der Geburt immer mehr wächst und größer wird an Leib und Kraft und warum er sich im Alter zur Erde neigt und schwächer wird? Auch bei mir ist es so. Meine Mutter bringt mich jeden Morgen neu zur Welt als ein schönes Kind und jeden Abend begräbt sie mich als einen schwachen Greis.«

Dann fragte der Küchenjunge weiter: »Warum ist jener mächtige König in seinem Alter erblindet, da er doch früher so gut sehen konnte?«

»Ha, warum er erblindet ist? Darum, weil er stolz wurde! Darum, weil er sich Gott gleichstellen wollte und sich einen mit Sternen besäten Himmel aus Glas bauen ließ, unter den er seinen Thron stellte und sein Land regierte. Wenn er sich vor Gott demütigt und den gläsernen Himmel zertrümmern lässt, wird ihm das verlorene Augenlicht zurückkehren.«

»Und warum kann sich jener große Fisch nicht, wie alle anderen Fische auch, auf den Grund des Wassers niederlassen?«

»Weil er noch kein Menschenfleisch gegessen hat! Doch sag ihm das nicht, bevor er dich nicht über das Meer getragen hat und du ein gutes Stück vom Ufer entfernt bist!«

Darauf bedankte sich der Küchenjunge und nahm Abschied. Die Sonne aber überreichte ihm als Geschenk noch ein Sonnenkleid, fein gewebt und glänzend, und es passte bequem in eine Nussschale hinein.

So begab sich der junge Mann zurück zum Meer. Sogleich kam der Fisch und fragte ihn nach der Antwort auf seine Frage. Aber der Küchenjunge wollte sie ihm nicht mitteilen, bevor ihn der Fisch nicht über das Meer gebracht hätte. Also nahm der Fisch ihn auf den Rücken und schwamm los. In der Mitte des Meeres fragte er abermals nach der Antwort und drohte, den Küchenjungen ins Wasser zu werfen, wenn er sie ihm nicht sage.

»Droh, wie du willst, ich sage dir die Antwort erst, wenn wir drüben sind!« Und so sprachen sie nichts mehr, bis sie am andern Ufer waren. Hier begann der Küchenjunge fortzulaufen, so schnell er nur konnte, und als er weit genug zu sein glaubte, rief er ihm die Antwort der Sonne zu. Da geriet der Fisch in Wut, als wäre der Satan in ihn gefahren. Er schlug das Meer mit seiner Schwanzflosse so heftig, dass das Wasser in hohen Wellen über das Ufer hinaustrat und dem Küchenjungen bald bis an den Gürtel reichte. Doch er war schon weit genug vom Ufer entfernt und der Fisch konnte nicht näher heran, da er zu groß war, um in seichtem Wasser zu schwimmen.

»Hat mich der Teufel jetzt nicht bekommen, bekommt er mich nie mehr!«, dachte der Küchenjunge, und zog fröhlich weiter, immer der Sonne entgegen, um den Weg nicht zu verfehlen. Nach langem Wandern gelangte er zu dem blinden König.

»Nun, hast du es vollbracht? Weißt du, warum ich erblindet bin?«

»Du bist darum erblindet, weil du stolz geworden bist und dich Gott gleichstellen wolltest. Erst, wenn du deinen gläsernen Himmel zertrümmerst und dich vor Gott demütigst im Staube, wird dein Augenlicht wiederkehren.«

Der König gehorchte, zertrümmerte seinen Himmel, demütigte sich im Staube, und sogleich sah er wieder so hell und klar, als ob er eben aus dem Grab an Gottes Sonnenlicht getreten wäre. Und wie er es versprochen hatte, übertrug er dem Küchenjungen die Hälfte seines Königreichs.

Der Küchenjunge war nun König, doch er wollte nicht bleiben, sondern eilte, so schnell er konnte, nach Hause. Und er kam keinen Augenblick zu früh, denn kaum war er angekommen, so wurden die Glocken geläutet und die Kirchentüren sperrangelweit geöffnet.

»Was ist los hier, was gibt es Neues?«, fragte er die Leute.

»Die Königstochter heiratet, eben werden die Glocken zur Trauung geläutet!«, antworteten sie.

Der Küchenjunge überlegte, was er nun machen solle. Dann zog er aus seinem Bündel die Nussschale hervor, nahm das Sonnenkleid heraus, legte es an und setzte sich in die erste Bank vor dem Altar. Nach einer Weile kamen in langem Zug die Hochzeitsgäste herein. Jeder blickte verwundert zu dem prächtig gekleideten Gast in der ersten Bank. Einer fragte flüsternd den anderen, wer das sei, aber niemand kannte ihn. Da kam auch die junge Braut herein. Sie fragte nicht, wer das sei in der ersten Bank! Sie flog auf ihn zu und war nicht mehr von ihm zu trennen und von der Trauung mit dem anderen wollte sie nichts mehr wissen.

Als der alte König erfuhr, was in der Kirche geschehen war, ließ er den Küchenjungen in seinem Sonnenkleid vor den Thron führen. Da erzählte ihm der Küchenjunge die ganze Geschichte, wie es ihm ergangen war. Und als er zu Ende war, nahm er die junge Prinzessin, die ihn nun noch lieber hatte, bei der Hand, und sie schritten, gesegnet vom alten König, zum Altar. Dann lebten sie gemeinsam als Ehepaar und herrschten nach dem Tod des alten Königs glücklich bis ans Grab.

DER BURSCHE
UND DAS ZAUBERPFERD

Frankreich, Provence

Es war einmal ein Bauer, der hatte drei Söhne. Als er ans Sterben kam, ließ er seine Söhne rufen und sagte: »Kinder, es geht dahin. Streitet euch nicht und macht euer Glück. Der Älteste soll den Hof erben, der Zweite die Schafherde und der Jüngste das alte Pferd, das da im Stall steht.«

Nachdem man den Bauern begraben hatte, nahm der Zweite die Schafherde und trieb sie davon und der Jüngste ging in den Stall. Da stand hinten in der Ecke ein altes, altes Pferd. Der Jüngste ging zu dem Pferd und sprach zu sich: »Da bin ich ja schön hereingefallen mit meiner Erbschaft und ich verstehe meinen Vater nicht. Ich dachte doch immer, ich sei sein Liebling, und nun werde ich mit diesem unbrauchbaren Gaul abgespeist.«

Da drehte ihm das alte Pferd den Kopf zu und sagte: »Bursche, du bist dumm wie Bohnenstroh. Warte erst einmal ab, wie sich die Sache anlässt! Man soll den Tag nicht vor dem Abend loben, aber man soll auch nicht klagen, ehe man weiß, wohin der Hase läuft! Geh und lass dir von deinem Bruder das älteste Sattelzeug geben, das auf dem Speicher ist. Dann sattle mich und lass mich dich tragen, wohin ich dich tragen will!«

»Gut«, sagte der Jüngste und ging zu seinem Bruder.

»He«, sagte der, »was willst du noch? Bist du noch nicht weggeritten?«

»Wie könnte ich denn wegreiten, wenn ich nicht einmal einen Sattel habe. Ich bitte dich, mir den ältesten Sattel zu schenken, der auf dem Speicher hängt.«

»Nun«, sagte der Bruder, »so geizig bin ich auch nicht. Such dir den Sattel aus, der dir gefällt. Mir soll's schon recht sein.«

Aber der Bursche nahm doch den ältesten Sattel, wie ihm das Zauberpferd gesagt hatte, und er trug ihn in den Stall und sattelte den alten Gaul. Kaum war er aufgesessen, da stob der Gaul dahin, schneller als der Wind, und er hielt nicht an, ehe sie die Hauptstadt des Landes erreicht hatten. Als der Bursche auf den Platz vor dem Schloss des Königs geritten kam, da hörte er einen Ausrufer, der läutete mit seiner Glocke und rief: »He, ihr Leute! Hört, was ich euch zu verkünden habe! Die Tochter unseres Herrn, des Königs, wurde von einem Drachen geraubt und übers Meer entführt. Demjenigen, der seine Tochter zurückbringt, verspricht der König die Hand seiner Tochter und das halbe Königreich dazu.«

»Was wartest du noch, Bursche?«, sagte das Zauberpferd. »Schau, dass du in den Palast kommst und dich meldest, denn wir wollen die Königstochter holen gehen.«

Da ging der Bursche zum Tor des Schlosses und ließ sich vor den König führen.

»Majestät, ich will Eure Tochter befreien und Euch zurückbringen.«

»Nun, du siehst mir ja nicht so aus, als wärst du der rechte Mann, so etwas zu tun. Aber meinen Segen sollst du haben und drei Goldstücke gebe ich dir noch dazu, denn du wirst die Überfahrt übers Meer zahlen müssen.«

Das Pferd trug den Burschen ans Meer und sprach: »Suche jetzt den ärmsten und ältesten Schiffer, den du finden kannst!« Der Bursche suchte den ganzen Hafen ab und er kam endlich zu einem alten Großväterchen mit einem weißen Bart.

»Guten Tag, Großväterchen!«

»Guten Tag, Bursche. Was willst du?«

»Ich suche einen, der um drei Goldstücke mein Pferd und mich übers Meer fährt.«

»Wo willst du denn hin?«

»Ich muss zur Insel, wo der Drache haust, der die Tochter des Königs geraubt hat.«

»Da bist du bei mir an den Richtigen geraten. Niemand sonst könnte dich dorthin fahren. Niemand sonst hat den Mut. Niemand sonst kennt den Weg.«

Neun Tage fuhr der Alte mit dem Burschen und seinem Pferd übers Meer. Dann kamen sie zu einem riesigen Felsen. Aber da gab es keinen Hafen und keinen Strand. Überall stieg der Felsen senkrecht aus dem Meer in die Höhe, wohl hundert Meter hoch. Da sagte das Pferd: »Bursche, steig in den Sattel und halte dich fest, denn wir müssen einen gewaltigen Sprung machen!«

So beugte sich der Bursche herab und hielt sich am Hals des Pferdes fest und das Zauberpferd lief den Felsen hinauf, als sei es eine Ameise. Als sie oben waren, sah man ein gewaltiges Schloss, das war aus Kristall gebaut und so durchsichtig, dass man in alle Zimmer hineinsehen konnte. Und in einem Zimmer erblickte der Bursche die geraubte Königstochter. »Hol das Mädchen schnell heraus!«, sagte der Gaul, »denn wenn der Drache uns erwischt, werden wir ihm gerade als Abendessen zurechtkommen!«

Also lief der Bursche und holte die Prinzessin, und das Pferd trug sie beide hinunter zum Boot des alten Schiffers. Und als es hineinsprang, zitterte das Schiff nur leicht.

Nach neun Tagen kamen sie daheim an. Der König freute sich mächtig, dass er seine Tochter wiederhatte, und als ein Mann von Ehre stand er auch zu seinem Wort und befahl, die Hochzeit vorzubereiten.

Am Tag vor der Hochzeit ging der Bursche wie gewöhnlich in den Stall, um sein Pferd zu füttern, zu tränken und zu striegeln. Da begann das Pferd zu sprechen und sagte: »Pass auf! Wenn ihr morgen in die Kirche zieht zur Trauung, musst du mit deiner Braut auf meinem Rücken sitzen und ich werde euch dorthin tragen.«

Der Bursche war damit einverstanden, seine Braut aber nicht. »Weißt du«, sagte sie, »das Pferd ist dein Freund und hat dir geholfen. Magst du also ruhig auf dem Pferd in die Kirche reiten. Aber für die Tochter eines Königs ziemt es sich nicht, auf einem Pferd zu reiten. Ich werde mit meinem Vater in der Kutsche fahren.«

Gesagt, getan. Als der Bursche aufs Pferd stieg, fragte ihn dieses: »Sag, wo ist denn deine Braut?«

»Die wollte nicht reiten, weil sie meinte, das gehöre sich nicht für eine Königstochter. Sie ist bereits mit der Kutsche unterwegs und wir müssen uns beeilen, um sie einzuholen.«

Da seufzte das Zauberpferd und sagte: »Oh, diese Weiber! Nun, wir werden ja sehen.«

Als sich der Bursche mit dem Gaul von Weitem dem Hochzeitszug näherte, sah er, dass aus dem Himmel wie ein Blitz ein Drache herunterstieß, sich aus der Kutsche die Königstochter nahm und mit ihr wieder in den Himmel davonflog.

»Ach, hätte ich doch die Königstochter zu mir aufs Pferd genommen!«, weinte der Bursche, »mit meinem Blut hätte ich sie verteidigt.«

»Ein ›Habe-ich‹ ist besser als zehn ›Hätte-ich‹!«, rief das Pferd erbost, »wenn du dir von den Frauen auf der Nase herumtrampeln lässt, musst du dich nicht wundern, wenn du hernach dumm dreinschaust. Marsch, geh zum König und lass dir neun Goldstücke geben, denn der Schiffer wird's nicht wieder so billig tun!«

Als der Bursche dem König die ganze Geschichte erzählte, sagte dieser: »Dein Pferd hat mehr Verstand als wir beide. Wir hätten daran denken müssen, dass der Drache versuchen wird, meine Tochter auch ein zweites Mal zu rauben. Nur wegen der Flausen meiner Tochter haben wir nun Schwierigkeiten. Hier hast du die neun Goldstücke und wenn du meine Tochter auch ein zweites Mal heimbringst, so sollst du nach meinem Tode auch die andere Hälfte des Reiches erben.«

Da waren dann also wieder am Meer: der alte Fischer, der alte Gaul und der junge Bursche. »Diesmal müssen wir aufpassen«, sagte das Pferd, »der Drache wird sich nicht so leicht übertölpeln lassen. Denkt einmal nach oder holt einen her, der nachdenken kann! Fällt euch etwas ein?«

»Nein«, sagte der Bursche.

»Ja!«, sagte der alte Fischer.

»Nun, so lass uns hören!«, sprach das Pferd.

»Ich habe einen Zwillingsbruder«, sagte der alte Fischer, »wenn er mit seinem Sohn und einem alten, klapprigen Gaul zur Insel fährt, wird der Drache sie für uns halten und zu ihnen hinfliegen. In der gleichen Zeit nähern wir uns der Felseninsel von der anderen Seite, holen die Königstochter und fliehen, ehe der Drache zurückkommt.«

»Sehr gut!«, sagte das Zauberpferd, »das ist eine Möglichkeit.«

Gesagt, getan. Sie ließen den Zwillingsbruder etwas vorausfahren, nachdem der Bursche ihm auch neun Goldstücke versprochen hatte, und segelten hinterdrein. So näherten sie sich der Felseninsel von zwei verschiedenen Seiten.

Kaum hatte der Drache von Weitem das Schiff mit dem Zwillingsbruder des Alten gesehen, da kam er wie ein Pfeil darauf zugeschossen.

»He, was wollt ihr hier?«

»Man wird hier wohl noch fischen dürfen?«

»Ja, aber nicht so nahe bei meiner Insel. Und wozu habt ihr ein Pferd dabei? Fährt man etwa mit einem Pferd zum Fischen?«

»Ach, der alte Gaul ist zu nichts mehr zu gebrauchen. Wir wollten damit nur die Fische füttern, damit wir mehr fangen.«

»So gebt mir den Gaul als Nachtmahl und ich will euch die Fische zutreiben!«

»Einverstanden! Treib uns die Fische her, dann sollst du hernach den Gaul haben.«

Der Drache tauchte also ins Meer und trieb die Fische zum Boot und der alte Schiffer und sein Sohn fingen so viele Fische, wie das Boot fassen konnte. Dann tauchte der Drache wieder auf und dachte, sie würden nun Schwierigkeiten machen wegen des Zauberpferdes. Aber sie sagten nur: »Nimm dir den alten Gaul!« Da sprach der Drache bei sich: »Diesmal kommst du unfreiwillig in mein Schloss, mein Lieber, und landest im Kochtopf.«

Und er packte das Pferd, flog zum Schloss und trug es gleich in die Küche. Er war jedoch so hungrig und so gierig, dass er sich gar nicht nach der Prinzessin umsah. Erst, als das Essen fertig war, rief er sie, aber sie antwortete nicht und war auch nirgendwo zu finden. Während der Drache nämlich im Meer gewesen war, hatte sich der alte Schiffer mit dem Burschen und dem Zauberpferd der Insel von der anderen Seite genähert, das Pferd war wieder den Felsen hinaufgeklettert und der Bursche hatte die Königstochter aus dem Kristallschloss befreit. ›Nun, ich erwische euch schon noch, wartet nur!‹, dachte der Drache, und er fraß die Portion Pferdefleisch gleich auch noch, die er der Königstochter zugedacht hatte.

Als die Königstochter nach Hause kam, umarmte sie der Vater freudig, dann aber sagte er: »Tochter, jetzt wird sofort geheiratet. Und keine Flausen mehr! Du reitest mit deinem Gatten auf dem Pferd in die Kirche, und zwar sogleich!«

Als man auf halbem Weg zur Kirche war, kam der Drache durch die Lüfte gebraust. »Haltet euch fest!«, rief das Pferd, »denn jetzt wird es Funken regnen!«

In dem Augenblick, als der Drache mit seinen Klauen nach dem Brautpaar griff, stellte sich das alte Pferd auf die Vorderfüße und schlug mit den beiden Hinterfüßen so fest zu, dass der Drache zu Boden stürzte. Und als er da bewusstlos lag, konnte ihm der Bursche leicht den Kopf abschlagen.

Nachdem sich alle von ihrem Schrecken erholt hatten, sagte der König: »Ein solches Pferd ist mehr wert als die beste Schildwache. Ich befehle, man soll gleich neben das Schlafgemach des jungen Paares einen kleinen Stall bauen mit einer goldenen Krippe und das Pferd soll dort hausen, solange es ihm passt!«

So waren sie glücklich und zufrieden und noch die Enkel haben mit dem alten Pferd gespielt und sich von ihm herumtragen lassen, denn es war sehr gutmütig.

HANS, DER GRAFENSOHN, UND DIE SCHWARZE PRINZESSIN

Pommern

Es war einmal ein Graf, der hatte drei Söhne. Die beiden Ältesten dienten dem König, der eine als Hauptmann, der andere als Fähnrich, und der Vater hatte eine rechte Freude an ihnen. Umso größer war sein Kummer über Hans, den Jüngsten, der war zu nichts nutze, denn er wollte weder Soldat noch Landwirt werden. Endlich riss dem Alten die Geduld, er rief ihn zu sich und sprach zu ihm: »Ich hab's jetzt lange genug ertragen, etwas musst du lernen und da du sonst nichts willst, so magst du die Schweine hüten.«

Hans bekam keinen kleinen Schreck, als er seinen Vater so sprechen hörte, doch er hoffte, es sei nur ein Spaß. Aber es war kein Spaß, am nächsten Morgen um vier Uhr wurde Hans aus dem Bett gejagt, bekam ein Tuthorn umgehängt und eine Patsche in die Hand, und dann musste er die Schweine in den Buchenwald treiben.

Das war ein saures Stück Arbeit und dazu wiesen die Leute mit Fingern auf ihn und lachten ihn aus. Ehe noch die Sonne dreimal aufgegangen war, lief er darum zu dem alten Grafen und sagte zu ihm: »Vater, ich habe es mir überlegt, ich will Euch fortan keine Schande mehr machen und will werden, was meine Brüder sind.«

Da war der Graf voll Freude, denn den Soldatenstand schätzte er am höchsten. »Siehst du, Mutter!«, sagte er zu seiner Frau, der Gräfin, »unser Hans ist gar nicht so schlimm, wie er aussieht. Ich habe es immer gesagt, wenn er nur scharf herangenommen wird, kann noch etwas Ordentliches aus ihm werden.«

Hans bekam nun die Taschen gefüllt mit guten Speisen und Getränken und dreihundert Taler obendrein, damit er keine Not leide. Dann machte er sich auf den Weg in die Stadt und als er dort war, wurde er eingekleidet.

Die Soldaten sind aber lose Vögel und sie merkten bald, dass der neue Rekrut bei Geld war. So gingen sie ihm um den Bart, sorgten dafür, dass er keinen Dienst zu machen brauchte, und redeten ihm zu, dass er mit ihnen sein Geld auf den Kopf hauen solle. Da waren sie gerade an den Rechten gekommen! Hans ließ sich nicht lange bitten und verlebte mit ihnen einen Tag wie den anderen in Saus und Braus und als die zweite Woche zu Ende gegangen war, hatte er keinen roten Heller mehr in der Tasche.

»Was machen wir jetzt?«, fragte Hans.

»Du schickst einen Boten an den alten Grafen«, rieten die Kameraden, »und lässt ihm melden: ›Vater, mir ist es sehr gut ergangen unter der Fahne und mein Hauptmann hat mich zum Gefreiten gemacht!‹«

Das tat Hans denn auch und als der alte Graf die Botschaft vernommen hatte, wollten ihm schier die Freudentränen aus den Augen stürzen, so vergnügt war er. Dann ging er zum Geldschrank und holte vierhundert Taler heraus, gab sie dem Boten und sprach: »Das bring meinem Sohn und grüß ihn schön von seinem alten Vater. Und das schicke ich ihm, denn ein Gefreiter muss Geld haben, dass er keine Not leidet.«

Als der Bote mit dem Geld in der Stadt angekommen war, fing das gute Leben von Neuem an, bis auch die vierhundert Taler zu Ende gegangen waren. Da beförderte sich Hans auf den Rat seiner Gesellen zum Fähnrich und erhielt fünfhundert Taler. Dann wurde er ein Feldwebel und bekam sechshundert Taler, ein paar Wochen später wurde er Leutnant und sein Vater sandte siebenhundert Taler. Endlich kündete er ihm sogar an, er wäre Hauptmann geworden.

Da hielt es den Alten nicht länger zu Hause. »Mutter, ich muss meinen Hans wiedersehen«, sprach er zu der Gräfin, »der macht mir mehr Freude, als die beiden anderen zusammengenommen.« Und weil ein Hauptmann reiten muss, nahm er die beiden schönsten Hengste aus dem Stall, und weil ein Hauptmann Geld braucht, steckte er tausend Taler in die Tasche. Dann ritt er in die Stadt und fragte den ersten Besten auf der Straße, er möge ihm sagen, wo sein Sohn Hans, der Hauptmann, wohne.

»Einen solchen Hauptmann gibt es hier gar nicht«, antwortete der Angeredete und ging weiter. ›Der Mann wird sich wohl hier nicht auskennen‹, dachte der Graf und fragte die Schildwache, die vor dem Schloss auf- und abging: »Wo wohnt mein Sohn Hans, der Hauptmann?«

»Einen solchen Hauptmann gibt es hier nicht«, antwortete auch der Soldat, legte sein Gewehr auf die andere Schulter und ging wieder auf und ab. »Der Bauernlümmel«, schalt der Graf, »kennt nicht einmal die Hauptleute in der Stadt!« Dann ging er zum General und fragte den, wo sein Sohn Hans, der Hauptmann, wohne. Der General ließ in den Listen nachschlagen, dann sagte er: »Einen Hauptmann des Namens gibt es hier nicht, wohl aber einen liederlichen Rekruten, der die meiste Zeit im Loch sitzt und mit seinen Gesellen Geld verprasst.«

Da wurde der alte Graf fuchsteufelswild und rief: »Hat mich der Schlingel doch an der Nase herumgeführt, na, dem werde ich's zeigen!« Damit lief er zum Haus heraus und kehrte, ohne seinen Sohn gesehen zu haben, mit den tausend Talern und den beiden Hengsten wieder auf sein Schloss zurück.

Als die Sache ruchbar wurde, wie Hans seinen Vater geprellt hatte, schrieb der General an den König und fragte nach, was sie mit dem liederlichen Rekruten machen sollten. Das Beste wäre wohl, sie jagten ihn fort und trieben ihn über die Grenze. Doch da kam der Bescheid vom König zurück: »Ihr sollt Hans nicht entlassen, denn ich kann ihn gut gebrauchen, er soll bei dem Sarg meiner Tochter Wache stehen.«

Mit der verstorbenen Prinzessin hatte es aber folgende Bewandtnis: Der König des Landes hatte sich vor vielen Jahren mit einer reichen Prinzessin verheiratet. Aber so schön sie auch war und so großen Reichtum sie ihm auch eingebracht hatte, so war er doch von Herzen verzagt und bekümmert, denn sie gebar ihm kein Kind. All sein Bitten und Flehen zu Gott half ihm nichts und endlich wurde er ganz verzweifelt und lief tagaus, tagein halb im Wahn im Wald herum. Da begegnete ihm eines Tages ein altes Mütterchen, das rief: »Ei, Herr König, was seht Ihr so betrübt aus? Euch sollte es doch an nichts fehlen!«

»Lass mich zufrieden«, entgegnete der König, »du kannst mir doch nicht helfen.«

»Wer weiß«, antwortete das Mütterchen, »von alten runzligen Weibern sind oft die besten Ratschläge gekommen!«

Da dachte der König: ›Hilft es nicht, so schadet es auch nicht‹, und erzählte der Alten seinen Kummer.

Da sagte das Mütterchen: »Wenn's weiter nichts ist, so soll Euch geholfen werden. Wartet ein Weilchen, ich komme bald zurück!« Damit humpelte sie in den Wald hinein und pflückte Kräuter und Blumen, die ganze Schürze voll. Und als sie damit zum König zurückkam, gab sie ihm das Kräuterwesen und gebot ihm, alles seiner Frau, der Königin, zu bringen, damit sie davon einen Tee koche.

»Von dem Tee müsst ihr in Gottes Namen beide trinken, ehe ihr zu Bett geht«, sprach sie, »und Euer Wunsch wird erfüllt werden.«

Der König glaubte zwar nicht an die Reden der Alten, aber er nahm die Kräuter doch an sich, brachte sie der Königin auf das Schloss und sie kochte wirklich Tee davon. Als sie nun beide vor dem Schlafengehen davon tranken, überkam es den König wieder wie Wahn und Verzweiflung und er rief: »Trink, Frau, in Gottes Namen mit dem Teufel obendrein!« Dann gingen sie zu Bett und legten sich nieder.

Das alte Weib hatte den König nicht betrogen. Über neun Monde gebar die Königin ein Mädchen, das war gesund an allen Gliedern, aber kohlschwarz von Farbe. Da dachte der alte König an seinen lästerlichen Fluch und weinte still vor sich hin. Er glaubte, der liebe Gott habe dem Kind zur Strafe für die schwere Sünde seines Vaters die schwarze Haut gegeben. Aber es sollte noch schlimmer kommen.

Das Mädchen aß nicht und trank nicht, sie lachte nicht und weinte nicht, sie schrie nicht und sprach nicht, und dabei wuchs sie so schnell, dass sie mit einem Jahr schon die Größe eines fünfjährigen Kindes hatte.

Als nun ihr erster Geburtstag kam, tat sie um die zwölfte Stunde in der Nacht, zu welcher Zeit sie geboren war, plötzlich den Mund auf und rief: »Vater!«

»Was willst du, mein Kind?«, antwortete erschrocken der König.

»Jetzt spreche ich zum ersten Mal«, versetzte die schwarze Prinzessin, dann machte sie den Mund zu und war wieder so stumm wie zuvor.

Im zweiten Jahr wuchs das Mädchen so sehr, dass sie aussah wie eine Zehnjährige. Um die Mitternachtsstunde des zweiten Geburtstages rief sie wieder: »Vater!«

»Was willst du, mein Kind?«, fragte der König noch ängstlicher als das erste Mal.

»Jetzt spreche ich zum zweiten Mal«, erwiderte seine Tochter, »aber wundern wirst du dich, wenn ich zum dritten Mal den Mund auftue.«

Damit schloss sie die Lippen und verlebte das dritte Jahr, wie sie die beiden ersten verbracht hatte, nur dass sie am Ende des dritten Jahres so groß und stark geworden war wie eine junge Frau.

Vor dem dritten Geburtstag überkam den König ein Grauen und er hätte sich lieber hundert Klafter unter die Erde gewünscht als zu seinem Kind. Als die Glocke zwölf schlug, öffnete das Mädchen, wie sie vorher gesagt hatte, ihren Mund und sprach: »Vater!«

»Was willst du, mein Kind?«, entgegnete zitternd der König.

»Lasst mir einen eisernen Sarg machen, legt mich hinein und stellt dann den Sarg vor den Altar in der großen Domkirche. Ein Jahr lang muss jede Nacht ein Soldat an meinem Sarg Leichenwache halten. Geschieht das nicht, so bringe ich Unglück über Unglück über Euer Reich.«

Dann verstummte sie wieder und der König gehorchte voll Angst ihrem Befehl. Ein eiserner Sarg wurde geschmiedet, dann legte man die schwarze Prinzessin wie eine Leiche hinein und trug sie auf einer Bahre in die Kirche, wo der Sarg, wie die Königstochter befohlen hatte, vor dem Altar aufgestellt wurde. Daraufhin erhielt ein Soldat den Befehl, bei der Leiche die Nacht über Schildwache zu stehen. Als er aber am nächsten Morgen von seinem Posten abgelöst werden sollte, fand man nichts mehr als seine Kleider und ein Häufchen Knochen, das Übrige hatte die schwarze Prinzessin gefressen.

Die Nachricht davon kam dem König sauer an. Aber was half's! Dem Willen seiner Tochter musste er gehorchen, wenn nicht noch größeres Unglück sein Reich treffen sollte. Es wurde also ein zweiter Soldat auf den Nachtposten gestellt, aber dieser wurde ebenfalls von der schwarzen Königstochter gefressen, und dann ein dritter und vierter und so weiter, bis schließlich kein Soldat mehr zu finden war, der die böse Wache übernehmen wollte.

Da bot der König demjenigen eine große Belohnung, der eine Nacht im Dom an dem Sarg seiner Tochter verbringen würde, und er lockte so eine große Zahl Menschen herbei, die sämtlich ihr Leben einbüßten.

Endlich half auch das nicht mehr und der König glaubte sich verloren, obwohl nur noch drei Tage an dem Jahr fehlten. Aber niemand war mehr durch alle Schätze der Welt zu bewegen, bei der schwarzen Prinzessin zu wachen. Außerdem wurde das Volk unruhig und drohte den König abzusetzen, wenn er den Posten in der Kirche nicht einzöge. In dieser Lage erreichte der Brief des Generals den König und Hans wurde von ihm ausersehen, den Wachdienst zu übernehmen. Er mochte wollen oder nicht, er wurde in die Kirche geführt und dann schloss der König eigenhändig hinter ihm die Tür zu.

Drinnen in der Kirche brannten zwei Lichter auf dem

Altar und davor stand der offene Sarg mit der schwarzen Prinzessin. Kurz bevor die Glocke elf schlug, wurde es Hans grausig zumute und er beschloss, aus der Kirche zu fliehen. Vor der Tür hielt ihn jedoch ein kleines Männchen mit langem grauem Bart auf, das war aber unser lieber Herrgott, der den Jammer, den der Teufel tagtäglich anrichtete, nicht länger mitansehen wollte.

»Hans«, sprach das Graumännchen, »flieh nicht aus der Kirche, sondern verstecke dich in der Orgel. Sprich aber ja kein Sterbenswörtchen, wenn die schwarze Prinzessin dich rufen wird.«

Hans tat, wie ihm gesagt wurde und kletterte in die Orgel hinein, und kaum saß er in seinem Versteck, da erhob sich die Königstochter und schaute sich nach dem Posten um. Als sie ihn nicht erblickte, fing sie an, ihn zu suchen und mit kläglicher Stimme zu rufen: »Schildwach! Schildwach! Wo bist du? Ach, Schildwach, erbarme dich doch!« Aber Hans rückte und rührte sich nicht. Endlich kletterte die schwarze Prinzessin in die Orgel, sah den Soldaten und wollte sich gerade auf ihn stürzen, um ihn zu zerreißen, als die Glocke zwölf schlug und die Prinzessin wieder in den Sarg zurückkehren musste.

Der alte König jauchzte vor Freude, als Hans am anderen Morgen gesund und munter aus der Domkirche heraustrat, und der Schatzmeister musste ihm auf der Stelle dreihundert Taler in die Hand zählen. Dann wurde abgemacht, dass er auch noch eine zweite Nacht bei dem Sarg zubringen sollte.

Wieder überkam Hans Furcht und Grausen beim Anblick der schwarzen Prinzessin und er floh zur Tür. Und wieder erschien ihm das kleine Graumännlein und hielt ihn vom Fliehen zurück. Diesmal musste sich Hans unter dem Altar verstecken. Um elf Uhr stand die Königstochter auf und verließ den Sarg. Dann rief sie, wie am Tag zuvor, mit herzzerreißender Stimme: »Schildwach! Schildwach! Wo bist du? Ach, Schildwach, erbarme dich doch!«

Und als niemand antwortete, rief sie: »Pfui, ich bin wieder betrogen und habe doch solchen Hunger. Schildwach! Schildwach! Kriege ich dich, so fresse ich dich!«

Dann suchte sie zuerst die Orgel und darauf die ganze übrige Kirche ab, bis sie auch an den Altar kam. Gerade in dem Augenblick aber, als sie den Burschen entdeckte, schlug die Uhr zwölf und, sie mochte wollen oder nicht, sie musste wieder in den Sarg zurück, denn mit dem Schlag zwölf war alle ihre Macht gebrochen.

Am nächsten Morgen öffnete der König selbst die Tür, um zu sehen, ob Hans wieder mit dem Leben davongekommen sei. Und als er sah, dass es so war, drückte er dem Burschen die Hand und lobte ihn über die Maßen und setzte ihm so lange zu, bis er auch noch die dritte und letzte Nacht Wache zu stehen versprach, wieder um den Lohn von dreihundert Talern. Das kleine Graumännchen hatte aber in der Nacht vorher Hans den Rat gegeben, wenn er auch noch die dritte Nacht wachen würde, so solle er sich Brot und Wein und Braten mit in die Kirche nehmen. Das tat Hans auch und stellte die Speisen und Getränke auf eine Bank bei dem Altar.

Es dauerte gar nicht lange, da kam das Graumännchen und sprach: »Diesmal krieche unter den Sarg und wenn die Prinzessin den Sarg verlässt und dich in der Kirche sucht, so springe aus deinem Versteck hervor und lege dich statt ihrer in den Sarg hinein. Sprich aber nicht und sei im Übrigen ohne Furcht, der Spuk kann dir nichts anhaben.« Hans dankte dem Graumännchen für den guten Rat und machte es so. Kaum hatte die Königstochter den Sarg verlassen, kroch er hervor und legte sich statt ihrer hinein und es kümmerte ihn wenig, dass sie laut klagend durch die Kirche rief: »Schildwach! Schildwach! Wo bist du? Ach, Schildwach, erbarme dich doch! Ich bin unglücklich! Krieg ich dich, ich fresse dich lebendig!«

Weil die schwarze Prinzessin den Soldaten aber nirgendwo finden konnte, ging sie zu ihrem Sarg, um sich mit dem Schlag zwölf wieder hineinzulegen. Da sah sie, dass der Platz schon besetzt war. Jetzt tobte und schrie sie fürchterlich und drohte, Hans in Stücke zu reißen, wenn er nicht mache, dass er aus dem Sarg käme. Aber Hans dachte an die Worte des Männleins und rührte sich nicht. Plötzlich verkündete die Uhr die zwölfte Stunde, und als der zwölfte Schlag verklungen war, verwandelte sich die Prinzessin vor seinen Augen und wurde weiß vom Kopf bis zur Sohle. Dann reichte sie ihm freundlich die Hand und sprach: »Du hast mich erlöst, ich bin jetzt aus den Klauen des Teufels befreit und nicht mehr anders als die übrigen Menschenkinder. Steh auf, wir wollen essen, denn ich habe Hunger.« Da stand Hans auf und sie aßen von dem Brot und dem Braten und tranken von dem Wein, den er auf des Graumännchens Geheiß mit in die Kirche genommen hatte.

Mit Sonnenaufgang wurde die Kirchentür aufgeschlossen und da traten die Prinzessin und Hans aus dem Dom heraus und gingen geradewegs auf den alten König zu. Der rieb sich die Augen und kniff sich in die Ohren, denn er dachte, er läge im Schlaf und träumte. Als er aber sah, dass er sich nicht getäuscht hatte und seine einzige Tochter erlöst war, da wusste er sich vor Freude nicht zu fassen. Er herzte und küsste erst die Prinzessin und dann ihren Erlöser, dann mussten die beiden mit in das Schloss kommen und dort wurde Hochzeit gefeiert. Und da der König schon sehr alt war, übergab er Hans die Regierung und der herrschte an seiner statt einige Jahre lang.

Da sprach eines Morgens seine Frau, die junge Königin: »Hans, hättest du denn nicht Lust, einmal deinen alten Vater zu besuchen?«

»Das hätte ich wohl«, antwortete Hans, »aber ich dachte, du würdest es mir übel nehmen und das Reich könnte so lange den König nicht entbehren!«

»Mach dir keine Sorgen, lieber Hans«, erwiderte die Königin, »ich lasse dich gerne ziehen und das Reich werde ich derweil für dich verwalten.«

Da ließ Hans fünfhundert Soldaten kommen, bestieg ein prächtiges Ross und zog zum Schloss seines Vaters. Unterwegs musste er durch einen großen Wald, der wollte kein Ende nehmen. Schon dachte Hans, er müsse die Nacht im Freien zubringen, als er ein hell erleuchtetes Gasthaus vor sich sah. Dahinein ging er mit seinen Soldaten und nachdem sie gegessen und getrunken hatten, legten sie sich schlafen. Das Haus war aber kein Gasthaus, sondern eine Räuberherberge, in der fünfhundert Räuber ihr Unwesen trieben. Als die Räuber um Mitternacht heimkehrten, ermordeten sie die Soldaten und ließen nur diejenigen am Leben, die ihnen schworen, dass sie Mitglieder der Bande werden wollten. Dann stieg der Räuberhauptmann mit einigen seiner Gesellen die Treppe hinauf, um den König in seinem Schlafzimmer zu töten. Der hatte aber den Unrat gemerkt, denn er hatte gehört, wie es draußen klipperte und klapperte und knickerte und knackerte, und war im Hemd aus dem Bett und zum

Fenster hinausgesprungen und lief nun so zum Schloss seines Vaters.

Noch vor Tagesanbruch langte er dort an und pochte an die Tür, aber niemand wollte ihm öffnen. Da rief er: »Vater, mach doch auf! Hans, dein jüngster Sohn, ist da!«

»Bist du's, du Galgenstrick«, rief der alte Graf zornig, riss die Reitpeitsche von der Wand und trat hinaus.

»Vater, du wirst mich doch nicht schlagen!«, sagte Hans. »Ich bin ja dein König!«

»So, nun bist du König geworden!«, sprach der Alte grimmig. »Erst Gefreiter, dann Fähnrich, dann Feldwebel, dann Leutnant, dann Hauptmann und jetzt gar König! Und noch dazu im blanken Hemd, schlimmer als ein Bettler. Warte, Schlingel, dir werde ich helfen!«

Und damit ergriff er die Reitpeitsche beim anderen Ende und schlug mit dem Rehfuß auf den armen Hans ein und je mehr der schrie: »Vater, ich bin dein König!«, umso heftiger schlug der Alte zu, bis Hans Hören und Sehen verging und er ohnmächtig zu Boden sank.

Als er wieder aus seiner Ohnmacht erwachte, warf ihm der Vater ein paar Lumpen zu, die musste er anziehen. Dann hingen ihm die Knechte ein Tuthorn um und gaben ihm die Peitsche in die Hand und er war wieder ein Schweinehirt geworden und musste, wie damals, in den Buchenwald austreiben, damit sich die Schweine dort mit den Eckern mästen konnten.

Vom reichen König zum Schweinehirt, das wollte Hans nicht in den Kopf und betrübt starrte er vor sich hin, wenn er im Wald saß und das Schweinevolk um ihn herum quiekte und grunzte. Wie er eines Tages so traurig da saß, trat das Graumännlein vor ihn hin und sprach zu ihm: »Hans, ich weiß, dass es dir schlecht geht, und ich will dir helfen. Hier hast du eine Pfeife, wenn du darauf spielst, müssen alle Schweine tanzen. Nimm sie nur, dann hast du mehr Freude beim Hüten.«

Hans bedankte sich bei dem Männlein für das Geschenk und als es wieder verschwunden war, brachte er die Pfeife an die Lippen und richtig, alle Schweine, groß und klein, wie sie gewachsen waren, stellten sich auf die Hinterbeine und tanzten Polka und Schottisch linksherum. Das sah so lustig und drollig aus, dass Hans vor Lachen die Tränen über die Backen liefen und er hörte nicht auf mit dem Pfeifen, trieb die Tiere pfeifend nach Hause und die tanzten unaufhörlich, bis sie an den Eingang des Dorfes gekommen waren.

Dort stand der reiche Großbauer vor der Tür und wie er die tanzenden Schweine sah, freute er sich ebenfalls und rief: »Hans, gib mir von deinen Schweinen ein Ferkel ab, ich zahle dir hundert Taler dafür.« Das war Hans zufrieden und für hundert Taler erhielt der Großbauer ein Ferkel. Am nächsten Tag machte es Hans wieder genauso, er spielte die Pfeife und ließ die Schweine tanzen und er hatte jetzt eine rechte Lust an dem schlechten Dienst. Als er aber am Abend mit der tanzenden Herde nach Hause zog, kam ihm der Großbauer schon vor dem Dorf entgegen und rief: »Hans, mein Ferkel will nicht tanzen!«

»Es fürchtet sich so allein«, antwortete Hans, »und sehnt sich nach Gesellschaft.« Da musste der Bauer zweihundert Taler zahlen, um ein zweites Ferkel zu dem ersten hinzuzukaufen, denn für hundert Taler wollte es Hans nicht mehr machen.

Aber sosehr sich Hans auch über seine tanzenden Schweine freute, so wenig waren die Schweine mit dem Tanzen einverstanden, denn Hans ließ ihnen gar keine

Zeit, sich Bucheckern und Eicheln zu suchen. Sie wurden darum zusehends magerer und dünner und die Viehmagd lief zum Grafen auf das Schloss und sagte zu ihm: »Herr Graf, mit Euren Schweinen ist's nicht richtig, wenn Ihr nichts unternehmt, geht Euch die ganze Herde zugrunde!«

Das schrieb sich der Graf hinter die Ohren, denn er ahnte, dass ihm Hans einen Streich gespielt hatte. Als dieser am nächsten Morgen um Schlag vier die Schweine in den Wald trieb, schlich er ihm heimlich nach und da merkte er denn sehr bald, warum seine Herde so schlecht beieinander war.

»Du Galgenstrick und Taugenichts«, rief er zornig, »willst du gleich die Pfeife aus dem Mund nehmen!«, und damit sprang er auf ihn zu und riss ihm die Pfeife aus der Hand und gab ihm seinen Knotenstock zu fühlen, dass er am Leben verzagte. Diesmal waren am Abend beim Heimtreiben die Schweine vergnügt und Hans traurig. Und als der Bauer ihn wieder ansprach und sagte: »Hans, meine Ferkel tanzen nicht mehr«, antwortete er mürrisch: »Meine haben's auch verlernt!«, und trieb seine Herde in den Stall hinein.

So mochten etwa sechs Wochen und mehr vergangen sein, da sagte die Königin zu ihren Dienern: »Mein Mann ist nun schon so lange fort und kommt und kommt nicht wieder. Wenn ihm nur kein Unglück zugestoßen ist! Ich will mich selbst aufmachen und ihn suchen!«

Sogleich mussten von der Reiterei dreihundert Mann aufsitzen und dann ritt sie mit ihnen zum Schloss des Grafen. Unterwegs kam sie durch denselben großen Wald und die Dunkelheit überraschte auch sie dicht vor der Räuberherberge. Als sie aber in den Hof hineinritt mit ihren Reitern, wurde sie durch die Männer gewarnt, die von dem Gefolge ihres Mannes übrig geblieben waren und aus Zwang der Bande hatten beitreten müssen. Von denen erfuhr sie auch, wie alles gewesen war, und dass die fünfhundert Räuber in der Nacht in zwei Abteilungen zurückzukehren pflegten. Und das war sehr gut, dass die Königin das wusste, denn so war sie mit ihren dreihundert Reitern der einzelnen Abteilung gegenüber in der Überzahl. Sie befahl daher, dass die Reiter ihre Waffen nicht ablegen sollten, und als die Räuber heimkamen, rieben sie erst die eine Schar auf und dann die andere. Nur die Soldaten ihres Mannes ließ sie am Leben, denn die konnten ja nichts dafür, dass sie hatten Räuber werden müssen.

Unter den Schätzen, die die Räuber in dem Haus zusammengetragen hatten, befanden sich auch die goldenen Kleider des Königs und da sie nicht zerrissen und auch nicht blutig waren, schloss sie daraus, dass er noch am Leben sei und sich wohl bei seinem Vater aufhalten werde. So wurden die Kleider eingepackt und als die Sonne aufging, eilte sie mit ihren Reitern zum Grafenschloss.

Das waren Verbeugungen, die der alte Graf machte, als er den hohen Besuch bekam! Er hielt der Königin selbst den Steigbügel, half ihr vom Pferd und bat sie, in sein Haus zu treten und sich damit zu begnügen, was er ihr zu bieten vermöge. Der Königin lag aber nicht an Essen und Trinken und sie fragte ihn als sie in der Stube waren sogleich, ob er denn keine Kinder besitze.

»Gewiss, Frau Königin«, antwortete der Graf, »ich habe zwei Jungen, an denen ich meine Herzensfreude habe. Sie dienen beide in des Königs Heer und der eine ist ein Hauptmann und der andere ein Fähnrich!«

»Sind das Eure einzigen Kinder«, forschte die Königin.

»Nein«, sagte der alte Graf, »leider Gottes nicht, ich habe noch einen Erzschelm und Taugenichts, einen Tagedieb und Tunichtgut! Ach, wenn ich ihn doch erst los wäre, dann hätte ich Ruhe und Frieden.«

»Schäm er sich doch«, versetzte die Königin, die wohl merkte, dass er ihren Hans meinte, »wer wird denn so schlecht von seinem eigenen Kind sprechen! Wo ist denn Euer Sohn? Habt Ihr ihn bei Euch oder ist er in der Fremde?«

»Der hütet die Schweine«, sagte der Alte giftig, »seht, da treibt er sie gerade in den Hof hinein!«

Da schaute die Königin aus dem Fenster und erblickte ihren Mann in schlechten Lumpen, das Tuthorn auf dem Buckel, hinter den Schweinen einherschreiten. Das tat ihr in tiefster Seele weh, aber sie bezwang sich und sagte: »Mag er auch noch so schlecht sein, zum Schweinehirten sollte ein Graf seinen Sohn denn doch nicht machen.«

Darauf setzten sie sich nieder und aßen zu Mittag. Nach dem Essen bat die Königin den Grafen, dass sie seine Felder besichtigen dürfe. Das war ihm eine große Ehre und er wollte sie selbst hinausfahren, aber die Königin wehrte ab und sagte, er habe wohl wichtigere Sachen zu tun. Dann stieg sie in den Wagen und der Kutscher musste sie hinaus in den Wald fahren, wo Hans die Schweine hütete.

Dort angekommen sprang sie aus der Kutsche heraus und schritt geradewegs auf ihn zu. »Hans, kennst du mich nicht mehr?«, rief sie und klopfte ihm auf die Schulter. Da schaute Hans in die Höhe und als er seine Frau, die Königin, erblickte, lachte ihm das Herz im Leibe und er sprach: »Frau, wie hast du's angefangen, dass du mich hier gefunden hast?«

Sie erzählte ihm darauf alles und neckte ihn, weil sie mit

ihren dreihundert Reitern die fünfhundert Räuber vernichtet habe, während er mit seinen fünfhundert Soldaten ihrer nicht Herr werden konnte.

»Ja, du bist klüger als ich«, entgegnete Hans, »und darum hilf mir jetzt aus meinem Elend.«

Seine Frau versprach ihm das und vertröstete ihn auf den Abend, wenn er sich bei seinen Schweinen im Stall zum Schlaf niedergelegt habe. Dann sagte sie ihm Lebewohl, stieg in den Wagen und fuhr zum Grafenschloss zurück.

Während die Königin bei dem Grafen stand und ihm erzählte, wie ihr seine Äcker und Wiesen gefallen hätten, kehrte Hans mit den Schweinen vom Wald heim. Es hatte ihm draußen keine Ruhe mehr gelassen, seit er wusste, dass seine Frau auf dem Schloss bei seinem Vater war. Es war aber erst die fünfte Stunde und der alte Graf schalt ihn, dass er schon so früh zurückgekommen sei. Vor Schlägen rettete ihn zwar die Königin, aber sie konnte nicht verhindern, dass er ohne Abendbrot zu den Schweinen in den Stall gesperrt wurde.

»Sind die Schweine nicht dick geworden, so braucht er auch nicht satt zu werden«, sagte der Graf, und dabei blieb es. Und damit ja niemand auf den Gedanken käme, ihn aus dem Stall herauszulassen, zog er selbst den Schlüssel ab und steckte ihn zu sich.

Als am Abend alle zu Bett gegangen waren, gab die Prinzessin ihren Reitern Befehl, den Stall aufzubrechen und Hans herauszuholen. Dann zog sie ihm seine königlichen Kleider an und sie blieben die Nacht über beisammen. Ob sie geschlafen haben, ich glaube es nicht, sie hatten einander gar viel zu erzählen! Die Reiter hatten auch wenig Ruhe, sie mussten ein Schwein abstechen und mit seinem Blut die Schwelle und den Fußboden des Stalles bestreichen, damit es aussah, als sei ein reißendes Tier eingebrochen und habe den Hirten gefressen.

Bei Tagesanbruch gingen Hans und seine junge Frau zu dem Grafen herab und die Königin erzählte ihm, über Nacht sei ihr Mann, der König, gekommen und wolle auch sein Gast sein. Da war der alte Graf erst recht höflich und konnte sich gar nicht genug bedanken für die große Ehre, die seinem Haus widerfahren wäre. Gewundert hat er sich nur, dass auch der König gleich nach seinem jüngsten Sohn fragte und bat, zu ihm geführt zu werden.

»Der Schlingel ist im Schweinestall«, antwortete der alte Graf, »hier ist der Schlüssel, er soll gleich austreiben.« Darauf ging er auf den Hof und der König und die Königin folgten ihm. Ja, da war die Tür offen und die Schwelle und die Diele mit Blut besudelt und von Hans nirgends eine Spur.

»Ein wildes Tier hat ihn gefressen!«, schrie die Königin.

»Gott sei Dank«, sagte der Graf, »dass ich ihn los bin, nun kann ich in Frieden sterben!«

»Aber, lieber Graf«, sagte jetzt der König, der doch Hans selber war, »ich glaube, Ihr kennt Euren Sohn gar nicht, sonst würdet Ihr ihn nicht so schlecht behandeln.«

»Den Schlingel sollte ich nicht kennen«, rief der Alte, »den finde ich unter tausend Menschen auf der Stelle heraus.«

»Das sagt Ihr«, lachte die Königin, »und Euer Sohn steht neben Euch.«

Da sah der alte Graf dem König näher ins Gesicht, und richtig, es war sein Hans! Da sank er vor ihm auf die Knie und bat um Verzeihung.

»Nicht doch, Vater«, sprach Hans und zog ihn in die

Höhe, »du hast mich zwar schlecht genug behandelt, aber ich habe es auch wild getrieben. Und nun komm mit mir auf mein königliches Schloss, dass du all die Pracht und Herrlichkeit sehen kannst, die ich mir erworben habe.«

Das machte der alte Graf und er lebte bei seinem Sohn, dem König, und bei der jungen Königin noch lange Jahre in Glück und Frieden, und wenn sie nicht gestorben sind, dann leben sie heute noch.

DIE LIEBE
DER DREI ORANGEN

Italien, Welschtirol

Ein König und eine Königin hatten einen einzigen Sohn. Er hatte bereits das Jünglingsalter erreicht, war von schöner, einnehmender Gestalt und herzensgut. Die Königin warf auch schon ein Auge auf diese oder jene Prinzessin und sprach vom Heiraten, aber der König sagte: »Mach dir keine Gedanken, unser Sohn wird gewiss heiraten, wenn er vollends Mann geworden ist. Er muss die richtige Braut schon selbst finden.«

Eines Tages spielte der Königssohn vor dem Schloss mit einem Ball und der Zufall wollte es, dass der Ball durch das Fenster eines Hauses flog, in dem eine Hexe wohnte, und ihr den Milchtopf zerbrach. Obwohl der Prinz sich sofort bei ihr entschuldigte, wurde sie zornig und rief: »Wohlan, stolzer Prinz! Du sollst keinen Frieden mehr haben, bevor du nicht die Liebe der drei Orangen gefunden hast!«

Seit diesem Tag war der Königssohn wie verwandelt. Er lief immer traurig umher und hatte keine ruhige Stunde mehr. Die Worte der Alten waren ihm stets im Kopf, verdarben ihm jede Unterhaltung und raubten ihm sogar den Schlaf. Schließlich bat er seine Eltern um Erlaubnis, in die Welt gehen zu dürfen, um die Liebe der drei Orangen zu suchen. Sie bemühten sich lange, ihn zurückzuhalten, als sie jedoch sahen, dass der Prinz immer betrübter wurde, ließen sie ihn ziehen.

Er ging über Berg und Tal und am dritten Tag begegnete er einem alten Weiblein. Sie sah ihn an und sagte: »Edler Jüngling, in Euren trüben Augen und auf Euren blassen Wangen lese ich, dass Ihr einen schweren Kummer im Herzen habt.« Der Prinz ließ sie nicht lange fragen, erzählte ihr sogleich alles, und am Ende fragte er sie, wo er denn die Liebe der drei Orangen finden könne.

»Da braucht Ihr nicht weit zu gehen«, erwiderte die Alte, »seht Ihr dort jenes Schloss? Darin ist ein Zimmer und in dem Zimmer steht ein Kasten und in einer Schublade dieses Kastens liegen die drei Orangen. Ihr werdet aber nicht so leicht hineinkommen ins Schloss, denn dazu benötigt Ihr einige Dinge, die ich Euch wohl geben kann, wenn Ihr wollt.« Und sie gab ihm Fleisch, Brot, einen Besen und ein Fläschchen mit Öl. Dann wünschte sie ihm viel Glück, er aber dankte ihr und ging weiter.

Als er zum Schloss kam, stürzte sich sogleich ein Rudel Hunde mit wütendem Geheul auf ihn. Der Prinz jedoch beschwichtigte sie, indem er ihnen das Brot vorwarf. Er war noch keine zwanzig Schritte weitergegangen, als eine Schar Katzen mit feuersprühenden Augen auf ihn lossprang, aber er besänftigte auch diese, indem er ihnen das Fleisch gab. Nun kam er an die Hausstiege, die war aber so voll Staub und Unrat, dass er mit dem Besen Stufe um Stufe abkehren musste, um hinaufzukommen. Als er oben angelangt war, sah er eine Tür. Vergebens versuchte er, sie zu öffnen, denn sie war ganz eingerostet. Da nahm er das Fläschchen und bestrich die Angeln und das Schloss mit Öl – und die Tür ließ sich leicht öffnen.

Nun befand sich der Königssohn in einem großen Zimmer und an der Wand stand ein Kasten. Da ging er hin, zog die Schublade heraus und darin lagen die drei

Orangen. Vom langen Weg war er aber durstig geworden und wollte sich erfrischen. Er nahm also eine Orange heraus und brach sie auf – da sprang eine schöne junge Frau daraus hervor, wie er nie eine schönere erblickt hatte.

»Mein Lieb, mein Lieb,
Mir zu trinken gib!«,

flehte sie und er erwiderte:

»Mein Lieb, mein Lieb,
Wasser hab ich nicht!«

Darauf seufzte sie:

»Mein Lieb, mein Lieb,
Mein Herze bricht!«

Und sie starb vor seinen Augen, wie eine schöne Blume verwelkt, die vom Hauch einer Flamme berührt wird. Da wurde der Königssohn traurig, tröstete sich aber damit, dass ihm noch zwei Orangen geblieben waren. Diesmal wollte er es besser machen und er erinnerte sich, dass unten im Hof unter einem Baum ein Brunnen floss. Da dachte er: »Wenn aus der zweiten Orange wieder ein Mädchen hervorkommt und sie verlangt zu trinken, so trage ich sie schnell zum Brunnen hinunter.« Dann nahm er die zweite Orange, brach sie auf – und wieder kam eine junge Frau heraus, die war noch schöner als die erste.

»Mein Lieb, mein Lieb,
Mir zu trinken gib!«,

bat sie. Sogleich nahm er sie in die Arme und eilte die Stiege hinab. Doch als er den Brunnen erreichte, war sie in seinen Armen schon gestorben, und so viel er sie auch mit Wasser benetzte, er konnte ihr nicht mehr helfen.

Da flossen Tränen des Schmerzes aus seinen Augen, aber der Gedanke, dass ihm noch eine Orange geblieben war, ließ ihn nicht lange weinen. Um jetzt ganz nah am Wasser zu sein, nahm er die dritte Orange und trug sie zum Brunnen herunter. Dort brach er sie auf und heraus sprang eine junge Frau – die war noch viel schöner und herrlicher als die beiden ersten.

»Mein Lieb, mein Lieb,
Mir zu trinken gib!«,

flehte sie, und er gab ihr schnell das frische Wasser. Da war die schöne Frau gerettet, und sie setzten sich nun am Brunnen nieder und hielten sich zärtlich umfangen. Der Königssohn erzählte ihr, wer er sei, und sagte, dass er sie noch heute als seine Braut heim ins königliche Schloss führen wolle. »Aber«, fügte er hinzu, »ich will mit Wagen und Pferden und Dienerschaft kommen und dich mit allen Ehren holen. Steige du einstweilen auf diesen Baum und warte, bis ich zurück bin.« Da stieg die Orangenfrau auf den Baum am Brunnen und er eilte fort, um Wagen und Pferde zu holen.

In der Nähe des Schlosses wohnte eine alte Hexe, die hatte eine hässliche Tochter, die immer zum Schlossbrunnen ging, um Wasser zu schöpfen. Der Prinz war noch nicht lange fort, da kam sie wieder an den Brunnen, blieb stehen und blickte in das spiegelhelle Wasser. Wie erstaunt war sie aber, als sie im Wasser das Antlitz der schönen Frau sah, die auf dem Baum saß, und sie meinte, ihr eigenes Gesicht zu sehen. »Ei, wie schön bin ich doch heute!«, dachte sie. Als sie sich jedoch weiter über den Brunnenrand beugte, grinste ihr das eigene hässliche Gesicht aus dem Wasser entgegen und mit Schrecken bemerkte sie ihren Irrtum. Da schaute sie hinauf in den Baum und als sie dort die schöne Frau erblickte, lief sie eilig fort, um ihre Mutter zu holen.

Nachdem die alte Hexe herbeigeeilt war, luden sie die Orangenfrau ein, zu ihnen herabzusteigen. Sie kam auch herunter und ließ sich überreden, mit in das Haus der Hexe zu kommen. Dort gelang es ihnen, sie durch Schmeicheleien aller Art dazu zu bringen, dass sie ihnen arglos alles erzählte. Da freuten sich die beiden Hexen und die Alte fasste sogleich einen Plan.

Sie nahm einen Kamm und sagte zu der jungen Frau, dass sie ihr die Haare kämmen wolle. Die weigerte sich lange, doch endlich fügte sie sich dem Wunsch der Alten. Kaum aber hatte die Hexe ihren Kopf berührt, da stieß sie ihr eine Nadel hinein. Augenblicklich verwandelte sich die Orangenfrau in eine Taube und die flog sogleich girrend aus dem Fenster hinaus. Nun befahl die Alte ihrer Tochter, sie solle zum Brunnen gehen, auf den Baum steigen und dort den Königssohn erwarten, als ob sie seine Braut wäre.

Bald darauf kam der Prinz mit einem schönen Wagen und Pferden, ließ anhalten und eilte zum Baum, um seine Braut abzuholen. Wie sehr erschrak er aber, als er sie erblickte, und er rief: »Oh, wie hässlich bist du geworden!«

»Die Sonne hat mich so verbrannt«, antwortete die junge Hexe, »während ich auf dich gewartet habe.«

Fast hätte er sie auf dem Baum sitzen gelassen, aber er

wollte sein Wort nicht brechen und so fuhr er mit ihr nach Hause. Auch seine Eltern staunten, als sie statt der geschilderten Schönheit so viel Hässlichkeit erblickten. »Sie wird aber gut und edel sein«, sagten sie und setzten den Tag für die Hochzeit fest.

Der Hochzeitstag kam und es reisten viele Fürsten und edle Damen und Herren als Gäste an. Während sie beim Festmahl saßen, steckte der Koch in der Küche ein großes Stück Braten auf den Spieß und machte dazu ein gutes Feuer im Herd. Plötzlich pickte eine Taube ans Küchenfenster und rief:

»Koch, ach lieber Koch mein,
Schlafe doch beim Feuer ein!
Verbrennen soll der Braten am Spieße,
Dass ihn der Hexe Tochter nicht genieße!«

Kaum hatte die Taube das gesagt, da fiel der Koch am Herd in tiefen Schlaf. Unterdessen wurde den Gästen drinnen im Saal allmählich die Zeit lang, weil nichts mehr auf den Tisch kam, und sie gingen in die Küche, um nachzusehen. Sie schüttelten den Koch, bis er wach wurde und er erzählte ihnen, was vorgefallen war. Der Braten aber war inzwischen verbrannt.

Da sahen die Hochzeitsgäste, wie draußen vor dem Küchenfenster die Taube herumflatterte. Sie ließen sie herein und die Taube setzte sich freudig girrend dem Prinzen auf die Schulter. Der aber nahm sie in seine beiden Hände und trug sie in den Speisesaal. Dort setzten sich alle wieder zu Tisch und die Taube sah den Prinzen mit ihren klugen Äuglein so sanft an, als wolle sie sprechen. Da wurde die Tochter der Hexe zornig und rief dem Prinzen ein um das andere Mal zu: »Ei, lass doch das garstige Tier und jage es fort!« Der Königssohn tat ihr jedoch den Gefallen nicht und streichelte und liebkoste die Taube immerzu. Wie er ihr aber mit der Hand über das Köpfchen fuhr, fühlte er etwas Hartes und als er nachsah, fand er eine Nadel. »Ach, du armes Tierchen!«, sagte er mitleidig und zog behutsam die Nadel heraus. Im selben Augenblick lag die schöne Orangenfrau in seinen Armen. Er erkannte sie sogleich und zog sie voll Freude an sich.

Als die hässliche Tochter der Hexe das sah, sprang sie auf und rannte davon. Aber sie konnte nicht entfliehen, die Wachen packten sie und schon am nächsten Tag loderte ein großes Feuer auf dem Platz vor dem Schloss. Unter dem Jubel des Volkes wurden die böse Hexe und ihre Tochter zu Asche verbrannt.

Einige Zeit darauf feierten der Königssohn und die schöne Orangenfrau ihre Hochzeit und sie waren glücklich und hatten sich innig lieb ihr ganzes langes Leben hindurch.

DER BEG UND DER FUCHS

Bosnien

Es lebte einmal in einem Dorf ein Beg, der hatte nichts außer einem Pferd und einer Flinte. Eine andere Beschäftigung als die Jagd kannte er nicht und davon ernährte er sich. Eines Tages ritt er wieder auf die Jagd, die Flinte auf der Schulter, und zog ins Gebirge hinauf. Als er dort auf eine ebene Stelle gekommen war, band er sein Pferd an eine Buche und ließ es da. Er selbst ging mit der Flinte auf der Schulter weiter durch den Wald.

Während er so im Gebirge jagte, kam ein Fuchs zu seinem Pferd und legte sich daneben.

Der Beg jagte nun längere Zeit im Wald, erlegte aber nur ein Reh. Als er damit zu seinem Pferd zurückkam, wunderte er sich, als er den Fuchs neben dem Pferd liegen sah. Sogleich legte er die Flinte an und wollte den Fuchs erschießen. Der aber sprang auf und bat den Beg, ihn nicht zu erschießen, er wolle ihm treu dienen und sein Pferd schützen und behüten. Da erbarmte sich der Beg und ließ den Fuchs am Leben. Dann bestieg er sein Pferd, legte das Reh auf die Kruppe, nahm den Fuchs mit und ritt nach Hause. Dort bereitete er sich aus dem Reh das Abendessen und die Eingeweide gab er dem Fuchs, damit dieser auch ein Nachtessen habe.

Am anderen Morgen zog der Beg wieder auf die Jagd und nahm zur Gesellschaft den Fuchs mit. Auf derselben

Hochebene wie am Tag zuvor band er das Pferd an die Buche und brach auf, um im Gebirge zu jagen. Den Fuchs ließ er zurück, um das Pferd zu bewachen. Während nun der Beg auf der Jagd war, blieb der Fuchs eine Zeit lang mit dem Pferd allein, doch bald kam ein Bär und wollte das Pferd auffressen. Der Fuchs bat ihn, er möge dem Pferd nichts tun, sondern auf seinen Herrn warten, so würde der Bär es besser treffen, denn der Beg würde ihnen beiden bei sich zu Hause Nahrung geben. Der Bär ging darauf gerne ein, legte sich neben den Fuchs und wartete auf die Rückkehr des Herrn.

Als der Beg zurückkam, wunderte er sich, als er den Bären mit dem Fuchs bei dem Pferd liegen sah, griff gleich nach seiner Flinte und legte auf den Bären an. Der Fuchs jedoch bat ihn, er möge dem Bären nichts antun, denn der wolle mit ihm zusammen das Pferd bewachen und dem Herrn jederzeit zu Diensten sein. Daraufhin setzte der Beg die Flinte ab, warf die beiden Rehe, die er erlegt hatte, hinter sich aufs Pferd und begab sich in Gesellschaft von Bär und Fuchs nach Hause.

Am nächsten Tage ging er wiederum auf die Jagd. Diesmal erschien ein Wolf und auch den nahm er mit nach Hause. Ein anderes Mal kamen eine Maus und ein Maulwurf hinzu, dann wieder ein Wolf und der Vogel Kumrikuscha, der so groß war, dass er ein Pferd und einen Menschen wegtragen konnte. Alle diese Tiere fütterte der Beg bei sich zu Hause. Zuletzt kam auch noch ein Hase zu dieser Gesellschaft.

Eines Tages sprach der Fuchs zu dem Bären: »Geh, lieber Bär, und bring einen Baumstumpf her, auf den will ich mich setzen und euch einen Befehl erteilen, ihr aber sollt mir gehorchen.« Daraufhin ging der Bär gleich in den Wald und brachte einen großen Baumstumpf. Der Fuchs stieg hinauf und begann seine Rede: »Hört zu, Freunde, wir wollen unseren Beg verheiraten!« Darauf antworteten die anderen: »Gut! Aber wie? Wir wissen ja nicht, wo wir ein Mädchen für ihn finden sollen.« Darauf sagte der Fuchs: »Der Sultan hat eine Tochter, die soll die Frau von unserem Beg werden. Daher geh du, Kumrikuscha, vor den Palast des Sultans und warte, bis seine Tochter zum Spaziergang herauskommt, dann ergreife sie und bringe sie hierher.«

Da begab sich Kumrikuscha sogleich vor den Sultanspalast und wartete dort auf die Tochter. Gegen Abend kam sie mit ihrer Dienerin heraus, um einen Spaziergang zu machen. Gleich flog Kumrikuscha zu ihr hin, ergriff sie, setzte sie sich auf den Rücken und fort ging es denselben Weg, den er gekommen war.

Als der Sultan vernahm, was seiner Tochter geschehen war, wurde er sehr bekümmert und versprach auf der Stelle demjenigen große Reichtümer, der sie ihm wiederbringen würde. Aber alles war vergebens, denn niemand wollte es wagen. Schließlich aber fand sich eine Zigeunerin ein, ging zum Sultan und sagte: »Herr, was willst du mir geben? Ich werde sie dir wiederbringen.« Als der Sultan dies hörte, wurde er froh und rief: »Verlange, was du willst, wenn du sie nur findest.« Daraufhin ging die Zigeunerin nach Hause, nahm ihre Bohnen und zauberte damit nach alter Weise. So erfuhr sie, dass sich die Sultanstochter weit weg befinde, zehn Tagereisen weit, und sie rüstete sich gleich zur Reise dorthin. Sie nahm ihren Teppich und eine Peitsche, setzte sich auf den Teppich und hieb mit der Peitsche darauf. Da erhob sich der Teppich in die Luft und flog geradewegs in die Gegend, wo der Beg sich mit der Sultanstochter befand.

Nicht weit entfernt vom Hof des Begs landete der Teppich. Die Zigeunerin ließ Teppich und Peitsche zurück, schlich um das Gehöft herum und wartete, dass die Sultanstochter zum Spaziergang herauskäme. Nach einiger Zeit erschien sie wirklich. Da eilte die Zigeunerin gleich auf sie zu und fing ein Gespräch mit ihr an. Während sie sich so unterhielten und spazieren gingen, führte die Zigeunerin die Sultanstochter zu der Stelle, wo der Teppich lag. Als die Sultanstochter den Teppich erblickte, sagte sie: »Da ist ein Teppich, setzen wir uns doch darauf!« Das kam der Zigeunerin gerade recht und sie gingen beide hin und nahmen Platz. Sogleich ergriff die Zigeunerin die Peitsche, versetzte dem Teppich einen Hieb und der erhob sich in die Luft und flog geradewegs mit ihnen zum Palast des Sultans.

Der Sultan freute sich, dass er seine Tochter wiederhatte und beschenkte die Zigeunerin reichlich. Dann schloss er die Tochter in ein Zimmer ein, verbot ihr, jemals wieder irgendwohin zu gehen, und gab ihr noch zwei Dienerinnen, die sie bewachen sollten.

Als der Fuchs hörte, was mit der Frau des Begs geschehen war, versammelte er seine Genossen um sich und hielt erneut eine Rede: »Freunde«, sprach er, »wir haben zwar unseren Beg mit der Sultanstochter verheiratet, aber man hat sie uns gestohlen und nun ist unser Beg wieder Junggeselle. Deshalb müssen wir ihm jetzt die Sultanstochter wieder zurückholen. Das wird aber nicht leicht für uns, denn der Sultan hat sie eingeschlossen und lässt sie nirgendwo hingehen. Darum will ich mich in eine schöne bunte Katze verwandeln, zum Palast des Sultans gehen und unter dem Fenster der Sultanstochter spielen. Wenn sie mich sieht, wird sie ihre Dienerinnen schicken, um mich zu fangen. Ich lasse mich aber nicht fangen, ehe sie selbst kommt. Und wenn sie kommt, dann erscheine du dort, Kumrikuscha, ergreife sie und bringe sie sogleich zu unserem Beg. Ich werde schon zusehen, dass ich heil davonkomme.«

Als der Fuchs so die Einzelnen angewiesen hatte, was sie zu tun hatten, waren alle einverstanden. Kumrikuscha nahm sogleich den Fuchs unter seine Flügel, flog in das Reich, wo sich die Sultanstochter befand, und geradewegs zum Sultanspalast. Dort ließ sich der große Vogel sachte nieder, der Fuchs verwandelte sich in eine schöne bunte Katze, begab sich unter den Altan der Sultanstochter und fing dort an zu spielen und herumzutanzen. Als die Sultanstochter die Katze bemerkte, schickte sie sogleich ihre Dienerinnen, das Tier zu fangen und zu ihr zu bringen. Die Dienerinnen gingen auch hinab und versuchten die Katze auf jegliche Weise zu fangen, aber die ließ sich nicht greifen. Darauf kam die Sultanstochter selbst herunter und sowie sie auf die Katze zuging, erschien Kumrikuscha, packte sie und flog mit ihr davon. Die Katze aber lief hinter den beiden her.

Als der Sultan vernahm, was mit seiner Tochter geschehen war, ließ er seine Jagdhunde los, um die bunte Katze, die da gespielt hatte, zu fangen. Die Katze aber merkte, dass die Hunde hinter ihr her waren und schlüpfte in eine Höhle. Die Hunde konnten sie dort nicht herausziehen und kehrten schließlich um. Da kam die Katze wieder aus der Höhle heraus, verwandelte sich in den Fuchs und lief zum Gehöft des Begs. Dort war Kumrikuscha bereits mit der Sultanstochter angekommen.

Der Sultan rüstete unterdessen ein gewaltiges Heer auf und zog gegen die Tiere zu Felde. Augenblicklich rief der

Fuchs alle Tiere zusammen, die mit ihm beim Beg waren: den Bären, den Wolf, den Hasen, den Maulwurf und den Vogel Kumrikuscha, und sprach zu ihnen: »Hört, der Sultan ist mit seinem Heer gegen uns ausgezogen und will uns alle vernichten. Also lasst auch uns unsere Tierscharen gegen ihn aufbieten. Wie viele Bären kannst du, lieber Bär, zusammenbringen?«

»Dreihundert.«

»Und du, Wolf, wie viele Wölfe?«

»Fünfhundert.«

»Und du, Hase, wie viele Hasen?«

»Achthundert.«

»Und du, Maus, wie viele Mäuse?«

»Dreitausend.«

»Und du, Maulwurf, wie viele Maulwürfe?«

»Achttausend.«

»Und du, Kumrikuscha? Wie viele kannst du von den Deinigen zusammenbringen?«

»Etwa zwei- bis dreihundert.«

»Gut, so geht alle und sammelt so viele Verbündete, wie jeder gesagt hat. Wenn ihr sie zusammenhabt, führt sie hierher, ich werde euch dann sagen, was ihr zu tun habt.«

Als der Fuchs seine Rede beendet hatte, gingen alle in die Wälder und sammelten ihr Heer. Nach einiger Zeit hörte man von allen Seiten ein furchtbares Geschrei und Getöse – das Bärenheer, das Wolfsheer und alle anderen kamen von überallher herbei. Als sie nun alle hübsch versammelt waren, trat der Fuchs in ihre Mitte und begann zu ihnen zu sprechen: »Ihr Bären und Wölfe rückt zuerst aus und wenn das Sultansheer im ersten Nachtlager ist, zerreißt ihr ihm alle Pferde. Ihr Hasen lasst euer Wasser in die Kanonen, damit sie nicht losgehen können. Im zweiten Nachtlager zernagt ihr Mäuse alle ihre Sättel, denn sie werden wieder neue Pferde gekauft haben. Im dritten Nachtlager grabt ihr Maulwürfe rings um das Heer des Sultans herum fünfzehn Ellen in die Breite und zwanzig Ellen in die Tiefe. Und ihr Kumrikuschas werft von oben mit Steinen, sobald das Heer heranrückt.« Darauf löste sich die Versammlung auf.

Im ersten Nachtquartier des Sultans kamen die Bären und Wölfe und zerrissen alle Pferde. Als am nächsten Morgen die Soldaten dem Sultan davon Meldung machten, wurde er nachdenklich, was das sein könnte, kaufte aber gleich wieder andere Pferde und zog mit seinem Heer weiter.

Im zweiten Nachtlager kamen in der Nacht die Mäuse und zernagten alle Sättel. Das bemerkten in der Frühe die Soldaten, meldeten es sogleich dem Sultan, dieser kaufte andere Sättel und zog weiter.

Beim dritten Nachtlager schickte der Fuchs die Maulwürfe, die um das ganze Heer des Sultans fünfzehn Ellen breit und zwanzig Ellen tief graben sollten. Um ihnen die Arbeit zu erleichtern, gab er ihnen die Bären mit, damit sie die Erde herausschafften. Etwa um Mitternacht verteilten sich die Maulwürfe rings um das Heerlager und fingen an, unter der Erde zu graben. Nur an einer Stelle ließen sie ein Loch, durch das sie die Erde hinauswarfen, und die Bären warteten draußen und trugen die Erde fort. Am nächsten Morgen bestieg das Heer des Sultans die Pferde und zog weiter. Da begannen die Soldaten des Sultans jedoch, in die Erde einzubrechen, und der Fuchs schickte die Kumrikuschas, um von oben Steine auf sie zu werfen.

Als nun der Sultan sah, wie sein Heer zugrunde ging, befahl er: »Lasst uns umkehren! Das ist eine Strafe Gottes dafür, dass wir gegen die Tiere zu Felde gezogen sind. Mögen sie meine Tochter behalten, die sie entführt haben.« Darauf wandten sie sich sogleich zum Rückzug, aber auch auf der anderen Seite brachen sie ein. Da rief der Sultan: »Wenn uns schon Gott damit straft, dass die Erde unter uns aufbricht, warum treffen uns dann auch noch Steine von oben?« So kamen nach und nach alle um, auch der Sultan.

Einige Zeit später verlegte der Fuchs seinen Thron nach Stambul und begann dort zu herrschen. Der Beg gab die Jagd auf und lebte mit dem Fuchs vergnügt in Stambul. Die Sultanstochter aber blieb seine Frau, die ihm niemand mehr genommen hat.

DAS BÜBLEIN IM SACK

Italien

Pierino Pierone war ein Kind, so groß, dass er zur Schule ging. Auf dem Schulweg war ein Gemüsegarten mit einem Birnbaum und eines Tages kletterte Pierino Pierone hinauf, um Birnen zu essen. Da kam unter dem Birnbaum die Hexe Strega Bistrega vorüber und sagte:

> »Pierino Pierone, pflück eine Birne mir
> mit deinem weißen Händchen fein;
> bei ihrem Anblick, sag ich dir,
> läuft mir das Wasser zum Munde hinein.«

Pierino Pierone dachte: »Der läuft das Wasser im Munde zusammen, weil sie mich, nicht aber die Birnen, fressen will.« Und er weigerte sich, vom Baum herabzusteigen. Er pflückte eine Birne und warf sie der Strega Bistrega zu. Doch die Birne fiel zur Erde, genau auf die Stelle, wo eine Kuh entlanggetrottet war und ihr Andenken hinterlassen hatte.

Die Strega Bistrega wiederholte ihre Bitte:

> »Pierino Pierone, pflück eine Birne mir
> mit deinem weißen Händchen fein;
> bei ihrem Anblick, sag ich dir,
> läuft mir das Wasser zum Munde hinein.«

Doch Pierino Pierone stieg nicht etwa hinab, sondern warf ihr noch eine weitere Birne zu. Die Birne aber fiel zur Erde, genau auf die Stelle, wo ein Pferd ein Bächlein hinterlassen hatte.

Die Strega Bistrega wiederholte ihre Bitte noch einmal und Pierino Pierone dachte, es sei besser, ihr den Wunsch zu erfüllen. Er stieg vom Baum herab und reichte ihr eine Birne. Da öffnete die Strega Bistrega ihren Sack, doch statt der Birne steckte sie Pierino Pierone hinein, band den Sack zu und warf ihn sich über die Schulter.

Nachdem sie einen Teil des Weges zurückgelegt hatte, musste die Strega Bistrega stehen bleiben, um eine kleine Notdurft zu verrichten: Sie setzte den Sack nieder und verkroch sich hinter einem Busch. Unterdessen nagte Pierino Pierone mit seinen Mäusezähnen den Strick durch, der den Sack zusammenhielt, sprang heraus, steckte einen schweren Stein in den Sack und rannte davon. Die Strega Bistrega ergriff den Sack und warf ihn sich wieder über die Schulter.

»Ach je, Pierino Pierone klein,
du bist so schwer wie ein großer Stein!«,

sprach sie und strebte ihrem Hause zu. Die Tür war geschlossen, so rief die Strega Bistrega ihre Tochter:

»Margherita Margheritone,
um zu kochen Pierino Pierone,
komm herunter und öffne das Tor,
und bereite rasch den Kupferkessel vor!«

Margherita Margheritone öffnete und stellte einen Kupferkessel mit Wasser aufs Feuer. Kaum kochte das Wasser, da leerte die Strega Bistrega den Sack. Platsch! machte der Stein und durchschlug den Boden des Kessels. Das Wasser ergoss sich ins Feuer, spritzte nach allen Seiten und verbrannte der Strega Bistrega die Beine.

»Liebe Mutter, was soll das heißen:
du bringst Steine heim zum Beißen?«,

fragte Margherita Margheritone. Und die Strega Bistrega, die vor Schmerzen von einem Bein aufs andere hüpfte, sprach:

»Liebe Tochter, zünd's Feuer wieder an,
ich kehre zurück, so rasch ich kann.«

Sie kleidete sich um, setzte sich eine blonde Perücke auf den Kopf und entfernte sich mit dem Sack.
Anstatt zur Schule zu gehen, war Pierino Pierone wieder zum Birnbaum gelaufen. Da kam die verkleidete Strega Bistrega vorbei in der Hoffnung, nicht erkannt zu werden. Sie rief ihm zu:

»Pierino Pierone, pflück eine Birne mir
mit deinem weißen Händchen fein;
bei ihrem Anblick, sag ich dir,
läuft mir das Wasser zum Munde hinein.«

Pierino Pierone hatte sie aber trotz ihrer Verkleidung erkannt und hütete sich wohlweislich, hinabzusteigen.

»Der Strega Bistrega gebe ich keine Birne, o nein,
sonst fängt sie mich und steckt mich in den Sack
hinein.«

Doch die Strega Bistrega beruhigte ihn:

»Ich bin nicht die, wie du glaubst, auf mein Wort,
heute Morgen erst kam ich an diesen Ort.
Pierino Pierone, wirf eine Birne mir im Nu
mit deinem weißen Händchen zu.«

Und sie redete so lange auf ihn ein, bis Pierino Pierone sich überzeugen ließ und herabstieg, um ihr eine Birne zu geben. Geschwind steckte ihn die Strega Bistrega in den Sack, warf ihn sich über die Schulter und zog los.

Als sie bei dem bewussten Busch angekommen waren, musste sie wieder anhalten, um eine Notdurft zu verrichten. Diesmal aber hatte sie den Sack so fest verschnürt, dass Pierino Pierone nicht entwischen konnte. Da begann der Junge wie eine Wachtel zu schlagen. In dem Moment kam ein Jäger mit seinem Hund des Weges, der war auf der Suche nach Wachteln. Er sah den Sack und öffnete ihn. Pierino Pierone sprang geschwind heraus und flehte den Jäger an, den Hund an seiner statt in den Sack zu stecken.

Als die Strega Bistrega zurückkam und den Sack wieder schulterte, jaulte der Hund im Sack in einem fort und wälzte sich hin und her. Die Strega Bistrega aber sprach:

»Pierino Pierone, dir bleibt nichts weiter zu tun,
als wie ein Hund zu springen und zu jaulen nun.«

So kam sie ans Tor und rief die Tochter:

»Margherita Margheritone,
um zu kochen Pierino Pierone,
komm herunter und öffne das Tor,
und bereite rasch den Kupferkessel vor!«

Als sie aber den Sack in das kochende Wasser leeren wollte, stürzte der wütende Hund hervor, biss ihr in die Wade, sprang in den Hof und machte sich über die Hühner her.

»Liebe Mutter, welch seltsame Weisen,
du willst Hunde zum Abendbrot verspeisen?«,

sagte Margherita Margheritone. Und darauf die Strega Bistrega:

»Liebe Tochter, zünd's Feuer wieder an,
ich kehre zurück, so rasch ich kann.«

Sie kleidete sich um, setzte eine rote Perücke auf und eilte erneut zum Birnbaum. Und sie redete und schwätzte so lange auf Pierino Pierone ein, bis dieser sich wieder am Schlafittchen packen ließ. Diesmal machte sie nirgendwo Halt, sondern trug den Sack schnurstracks nach Hause, wo ihre Tochter sie am Tor erwartete.

»Nimm ihn und sperr ihn in den Hühnerstall«, befahl sie, »und morgen in aller Frühe, wenn ich fort bin, machst du Gulasch aus ihm und kochst Kartoffeln dazu.«

Am nächsten Morgen bewaffnete sich Margherita Margheritone mit Hackbrett und Wiegemesser und öffnete einen Spalt im Hühnerstall.

»Pierino Pierone, sei so nett,
leg deinen Kopf auf dieses Brett.«

Darauf er: »Aber wie? Zeig mir, wie's geht!«

Da legte Margherita Margheritone ihren Kopf auf das Hackbrett, Pierino Pierone aber ergriff das Wiegemesser, schnitt ihr den Kopf ab und warf ihn zum Schmoren in die Pfanne.

Als die Strega Bistrega zurückkam und alles sah, jammerte sie laut:

»Margheritone, Töchterlein mein,
wer tat dich in die Pfanne hinein?«

»Ich«, antwortete Pierino Pierone oben aus dem Rauchfang über dem Kamin.

»Wie bist du denn da hinaufgekraxelt?«, rief die Strega Bistrega.

»Ich habe einen Kochtopf auf den andern gestellt und bin hinaufgestiegen.«

Da versuchte die Strega Bistrega sich eine Leiter aus Kochtöpfen zu bauen, um nach oben zu klettern und ihn zu packen. Doch als sie fast oben war, brachen die Kochtöpfe zusammen, die Strega Bistrega fiel ins Feuer und verbrannte mit Haut und Haar.

Pierino Pierone aber stieg aus dem Rauchfang herab und machte sich vergnügt auf den Weg nach Hause.

SIMSON, TU DICH AUF!

Deutschland, niederdeutsch

Da ist einmal ein Bauer gewesen, der hat drei Söhne gehabt. Den einen haben sie immer den dummen Hans genannt, aus dem hat sich niemand viel gemacht. Er hat immer Holz auf dem Hof hauen müssen und die Gänse und Hühner füttern und so.

Nun kommt dem Bauern nachts immer eine Fuhre Hafer weg aus der Scheune. Da will er wissen, wo sie abbleibt. Und da sagt er zu dem ältesten Jungen, er soll einmal lauern und aufpassen, wer das wohl tut.

Ja, der Sohn geht wohl hin, bleibt nachts in der Scheune und lauert. Aber da passiert nichts. Da wird er müde und schläft ein. Und am Morgen ist schon wieder eine Fuhre Hafer weg. Und er hat rein nichts gesehen.

Da muss der Zweite dann mal hin. Aber dem geht es ebenso, er schläft auch ein. Und am Morgen ist wieder eine Fuhre Hafer verschwunden. Und er hat nichts gehört und nichts gesehen.

Da kommt dann der Dritte, der dumme Hans, und sagt: »Gott, Vater«, sagt er, »lass mich da mal hin! Die Bengels, die passen ja doch nicht auf.«

»Ach, Jung, was willst denn du da?«, fragt der Alte. »Wenn die anderen beiden das nicht können, dann kannst du das schon gar nicht«, sagt er zu dem dummen Hans.

»Gott, Vater«, sagt der, »wir haben ja so eine ganz alte

Sense, die will ich mir auf einen Stiel schlagen und dann auf der Scheunendiele immer auf und nieder mähen. Wenn da etwas kommt, dann muss ich es ja treffen«, sagt er.

Er macht das so, macht sich die alte Sense zurecht. Und dann mäht er immer auf und nieder auf der Diele. Da wird er zuletzt ja müde bei und da steht dort so ein großes Bund Roggenstroh an der Wand. ›Düwel‹, denkt er, ›da wirst du hineinkriechen! Dann kannst du erst mal ein bisschen schlafen, und wenn du fest einschläfst, fällst du um und wachst wieder auf. Zuschanden fällst du dir nichts. Und wenn da welche kommen, um zu stehlen, dann kannst du sie schön belauern. Sehen können sie dich ja nicht!«

Als er sich ordentlich hineingerusselt hat, gehen die beiden Scheunentore auf und da kommen zwei große Kerle herein mit zwei Pferden und einem Wagen. Das sind ein paar Riesen gewesen, der eine der Vater und der andere der Sohn. Und der Vater geht auf den Wagen und lädt auf und der Sohn, der steigt hinauf und schmeißt den Hafer aus dem Fach herunter.

Als sie die Fuhre voll haben und gebunden, sagt der junge Riese: »Ach«, sagt er, »hier steht ja noch ein großes Bund Stroh an der Wand. Da wollen wir das mal mit auf den Wagen schmeißen. Das können die Pferde ja noch ein bisschen durchfressen. Oder sonst könnten wir damit auch streuen.«

Und in dem Bund, da sitzt der Hans ja drinnen. Der Riese hat aber so viel Kraft, der merkt gar nicht, dass der dumme Hans darinnen sitzt, in dem Stroh, und schmeißt das Bund mit hinauf auf den Wagen. Und der Alte, der legt sich oben darauf, sodass Hans nur knapp Luft kriegen kann. Aber er muss ja still wie ein Klotz liegen. Anmerken lassen darf er sich ja nichts.

Nun fahren sie dann ja weg und als sie eine ganze Strecke gefahren sind, kommen sie an so einen großen, hohen Berg. Da halten sie an und da sagt der, der das Fahren besorgt hat, der Sohn, der sagt: »Simson, tu dich auf!« Und Hans, der behält das Wort, das der gesagt hat. Da tut der Berg sich auf, so von selbst, und er fährt hinein. Als sie darinnen sind, sagt er: »Simson, tu dich zu!« Da tut der Berg sich wieder zu. Weiter hinten ist da eine große Scheune. Da fährt er hinein, auf die Diele hinauf. Und da schmeißt der alte Riese, der auf dem Wagen sitzt, der schmeißt das Bund Stroh hinunter und klettert herab. Und der Junge bringt die Pferde in den Stall und steckt ihnen das Stroh in die Raufe.

Nun hat der Hans ja in dem Bund gesessen. Und da wollen die Pferde – die werden ja seiner gewahr –, da wollen die nicht ran, an die Raufe. Da sagt der alte Riese: »Die beiden wollen ja gar nicht fressen. Die haben wir wohl heute Abend ein bisschen stark rangenommen.«

»Ach was«, sagt der Junge. »Die werden sich wohl wieder erholen. Komm man, lass uns man zu Bett gehen.« Und damit lassen sie den Pferden ihren Willen und gehen weg.

Als alles still ist, russelt Hans sich aus dem Bund Stroh heraus. Und dann klettert er von der Raufe herunter und geht wieder zur Scheunendiele. Da hört er da ein bisschen weiter lang ein Pferd wiehern. Er macht die Tür auf: Da ist da auch so eine Art Stall, aber sehr viel feiner. Und da stehen drei so hübsche Pferde, ein Schwarzer, ein Schimmel und ein Fuchs. Das sind die Reitpferde der Riesen gewesen. Und das Zaumzeug und das Sielengeschirr, die blitzen und blänkern vor lauter Diamanten. Es ist da so hell gewesen, als ob die Sonne schiene. Die Eisen, die sie an den Füßen gehabt haben, die sind auch mit Diamanten besetzt gewesen. Und an der Wand hängen drei Monturen, eine silberne, eine goldene und eine mit Diamanten. Und an der anderen Wand hängt da ein großes Schwert. Er fasst es am unteren Ende an, kann es aber nicht von der Stelle rühren. Da wird er eine Buddel gewahr auf dem Bord, da ist ein Zettel darauf gepappt. Er liest den Zettel und da steht darauf: »Wer aus dieser Flasche trinkt, der kann das Schwert regieren.« Er nimmt davon einen lütten Schluck: Da kann er das Schwert schon ein bisschen rühren. Er nimmt noch einen Schluck: Da kann er es schon heben, schon von dem Haken kriegen. Er nimmt noch einen Schluck: Da kann er damit fuchteln, als ob er einen Spazierstock in der Hand hätte.

›So‹, denkt er, ›nun wollen wir mal sehen!‹ Er nimmt das Schwert und will den beiden Riesen nach. Er kommt an die Scheunentür, wo sie hinausgegangen sind, die ist aber zugeschlossen. ›Ach was, Schiet!‹, denkt er. Er nimmt den Fuß, stößt die Tür auf und schon ist er draußen. Da steht da ein großes Schloss vor ihm. Er will die Tür öffnen, da ist auch die zugesperrt. Er stößt mit dem Fuß dagegen: Da fliegt auch die Tür auf. Dahinter ist es ganz duster. Er fühlt sich mit der Hand an der Wand entlang und es wird so bei Kleinem immer heller. Da kommt eine alte Frau daher. »Ach, mein bester Jung«, sagt sie, »wie kommst du hierher in der Nacht?«

»Ja, sie haben mich hierhergebracht«, sagt er, »mit der Fuhre Hafer. Aber nun sag mir einmal, Mutter, wo sind die beiden Kerle abgeblieben?«

»Ach, mein Jung«, sagt sie, »mach doch, dass du wieder

hinauskommst, wo du hereingekommen bist! Nun liegen sie und schlafen. Aber stehen sie auf, dann wird es dir schlecht gehen.«

»Ach, Muttchen«, sagt er, »das wollen wir erst einmal sehen. Sag mir man, wo sie sind, die beiden.«

»Ja«, sagt sie, »der Alte schläft hier in dieser Stube. Und der Jung, der schläft in der dort.«

»Na«, sagt er, »da wollen wir erst einmal hier anfangen.« Er schlägt mit seinem Schwert gegen die Tür: Da fliegt der Schietkram auf. Und ehe der alte Riese sich richtig zurechtfinden kann, ist der Kopf auch schon weg. Darauf geht Hans zu der anderen Stube, wo der Junge schläft, und dem geht es geradeso wie dem Ersten.

Als er die beiden auf der Seite hat, da geht er wieder hinaus zu der alten Frau. »So«, sagt er, »nun sagst du mir aber die Wahrheit. Sind hier noch mehr? Aber lügst du mir etwas vor, dann geht es dir geradeso wie den beiden hier.«

Die Alte zittert geradezu vor Angst. »Nein«, sagt sie, »weiter sind hier keine als diese beiden. Das waren die schlimmsten Kerle, die man sich denken kann. Jahrelang habe ich hier für sie geschuftet und habe ihnen aufwarten müssen und das Schloss sauber machen. Man gut, dass die Kerle auf der Seite sind!«

»Ja«, sagt er, »und weil nun hier weiter niemand ist als du: Du bleibst hier und kommst und kümmerst dich. Vorher sind das deine Herren gewesen – jetzt bin ich dein Herr.«

»Ja«, sagt sie, sie will auch ganz gern dableiben und will ihm treu dienen, darauf kann er sich verlassen. Ob er auch Geld haben will? Dann soll er mal mit ihr kommen, sie weiß, wo die Riesen ihr Geld haben. Und da bringt sie ihn zu der Stube, da liegt ein ganzer Haufen Taler auf dem Boden. Damit stopft er sich gleich die Taschen voll. »So«, sagt er, »dann will ich man wieder nach Hause. Aber von Zeit zu Zeit komme ich dann hierher.«

Da geht er wieder zurück und sagt: »Simson, tu dich auf!« Und als er raus ist aus dem Berg, da sagt er: »Simson, tu dich zu!« Und dann macht er sich auf den Weg und will wieder nach Hause. Da trifft er einen Schäfer auf der Koppel mit seinen Schafen und sagt zu ihm: »Willst du mir nicht ein Schaf verkaufen?«

»Ja«, sagt der Schäfer, »wenn du es mir gut bezahlst.«

»Ja«, sagt Hans. Er langt in seine Tasche und holt eine ganze Handvoll Taler heraus. Er hat gar nicht gewusst, wie viel das gewesen ist. Er hat gar kein Geld gekannt. »Hier«, sagt er, »hast du damit genug?«

»Ja«, sagt der Schäfer.

Da kriegt er das Schaf. Und da sagt er zu dem Schäfer: »Das Fleisch kannst du gern behalten. Ich will nur das Fell haben.« Da schlachten sie das Schaf und ziehen es ab. Und da hängt er sich das Fell so über, dass die blutige Seite außen ist und die Wolle innen. Und den Kopf des Schaffells setzt er sich auf seinen Kopf, dass er aussieht, als ob sie ihn ganz blutig geschlagen hätten.

Als er nach Hause kommt, sagt sein Vater: »Na«, sagt er, »woher kommst du denn? Wir haben dich bereits in der Scheune gesucht. Wir dachten schon, du wärst tot. Aber wie siehst du Teufel denn aus! Dir haben sie das Fell ja fürchterlich gegerbt!«

»Ja, Vater«, sagt er, »sie haben mich ein bisschen toll hergenommen. Ich habe knapp das Leben behalten. Aber das heilt wohl wieder«, sagt er.

»Ja«, sagt der Alte, »dann setz dich man hinter den Ofen,

dass das nasse Fell ein bisschen antrocknet, und dass du zuerst wieder ein bisschen zu Verstand kommst.«

Nun, wer der König da gewesen ist, der hat eine einzige Tochter gehabt. Und da lässt er bekannt machen, dass drei Tage geritten werden soll. Seine Tochter, die soll auf einem gläsernen Berg sitzen, auf einem goldenen Lehnstuhl, mit einem goldenen Apfel in der Hand. Und wer da hinaufreiten kann auf den gläsernen Berg und ihr den Apfel aus der Hand nimmt, der soll sie zur Frau haben – das mag ein Königssohn sein oder ein Graf oder ein Bauernsohn, das ist einerlei.

Nun bekommen die Brüder das auch zu hören. Und da sprechen sie so darüber, dass sie beide ebenfalls hinreiten wollen, aber erst einmal reiten sie mit den beiden besten Pferden zum Schmied und lassen die Eisen schärfen, damit die Pferde auf dem Glas stehen können.

Als der Tag nun kommt, an dem es losgehen soll, da reiten die beiden Brüder weg. Und der Alte will auch hin, der will sich das einmal mitansehen. Da sagt Hans: »Du, Vater«, sagt er, »soll ich mal ein bisschen mitkommen? Ich wollte das auch so gern einmal sehen. Die anderen beiden kommen immer und allerwege mit hin«, sagt er, »und ich komme nie mit und kriege nie etwas davon zu sehen.«

»Ach, dummer Jung«, sagt der Alte, »was willst du dort? Ist dir das alte Fell noch nicht gegerbt genug? Bleib du man zu Hause!«

Er bleibt also hinter dem Ofen sitzen.

Als die anderen weg sind, da sagt er zu seiner Mutter – sie hat viel von ihm gehalten, von dem Jung, die anderen haben ihn ja immer so zurückgesetzt –: »Du, Mutter«, sagt er, »lass mich ein bisschen oben auf der Scheune sitzen. Von dort kann ich das auch sehen.«

»Ja, mein Jung«, sagt sie, »geh man hin. Du musst aber so zeitig wieder herunterkommen, dass dein Vater noch nicht hier ist.«

»Ja«, sagt er, »ich bin zur rechten Zeit wieder hier.«

Er zieht also los. Und als er ihr aus dem Auge ist, da biegt er ab und das zu dem Berg hin, wo seine drei Pferde stehen. Und als er in dem Berg ist, da wirft er sein Schaffell ab und zieht die silberne Montur an. Dabei muss ihm die alte Haushältersche helfen. Und da setzt er sich auf den Schwarzen und dann los in voller Karriere zu dem gläsernen Berg hin.

Als er da ankommt, ist das Reiten in vollem Gang. Aber da ist keiner, der hinaufgelangen kann. Das Glas ist so glatt, die Pferde gleiten ja stets wieder herunter. Und das krabbelt an der Erde umher, als ob einer Maikäfer aus dem Baum schüttelt.

Als Hans angeritten kommt, sieht er seinen Vater da stehen. Der hat ihn aber gar nicht erkannt und da sagt er zu seinem Vater: »Ach, mein guter Mann, wollen Sie nicht so gut sein und halten mein Pferd einen Augenblick fest? Ich muss erst einmal absitzen und pissen.« Na, der Alte hält das Pferd also fest.

Als Hans wieder aufsitzt: »So«, sagt er, »da haben Sie ein kleines Trinkgeld!« Und damit drückt er ihm einen Taler in die Hand. Und der Alte, der freut sich ja bannig und er denkt: »Das muss ja ein biestig reicher Königssohn sein!«

Als Hans wieder zu Pferd sitzt, stürmt er los, gerade durch die ganzen Leute weg und dann in einem Saus den Berg hinauf. Er reitet aber nicht weiter als ein Viertel hoch, da winkt er der Königstochter mit der Hand und grüßt sie. Und dann wendet um und reitet wieder hinunter. Die Zuschauer drängen sich zusammen und wollen ihn nicht durchlassen, aber das Pferd setzt über alle die Menschen hinweg. Und in einem Augenblick ist Hans verschwunden.

Nun bringt er sein Pferd wieder weg, in den Berg hinein, zieht die Montur aus und wirft sich sein Schaffell über. Und dann macht er, dass er nach Hause kommt.

Es dauert nicht lange, da kommen auch die anderen nach Hause. Und seine beiden Brüder, die wundern sich darüber, was das für ein feiner Königssohn gewesen ist, wie der hat reiten können und was der für einen schönen Hengst gehabt hat! Und der Alte, der weiß gar nicht genug davon zu erzählen: »Das muss ja ein ganz reicher Königssohn gewesen sein!«, sagt er. Er hat ihm man einen kleinen Augenblick das Pferd gehalten, damit er bloß einmal pissen konnte und da hat er ihm einen Taler als Trinkgeld gegeben. Und Hans, der sitzt ja in seinem Schaffell hinter dem Ofen und hört das alles mit an und hat seinen Spaß daran.

Am anderen Tag soll das Reiten wieder losgehen. Und die beiden Brüder wollen ja wieder mitreiten und haben sich ihre Eisen noch schärfer machen lassen. Und der Alte will auch wieder hin. Da sagt Hans – er redet schon ein bisschen herausfordernd hinter dem Ofen –: »Du, Vater«, sagt er, »lass mich heute doch ein bisschen mit! Ich wollte das doch auch so gern einmal sehen.«

Da wird der Alte ganz narrisch. »Wenn du man nicht augenblicklich sitzen bleibst!«, sagt er. »Sonst sollst du einmal etwas sehen! Dann kriegst du noch ein paar auf deinen Schädel!«

Als die drei weg sind, bittet Hans seine Mutter wieder, er will so gern wieder auf die Scheune hinauf und zuschauen.

»Ja, mein Jung«, sagt sie, »geh man hin. Aber du musst so zeitig wiederkommen, dass Vater noch nicht hier ist.«

Er also wieder hin zu seinem Berg. Und da zieht er die goldene Montur an und setzt sich auf den Schimmel.

Als er an den gläsernen Berg kommt, ist das Reiten wieder zugange. Und da sind so viele Leute zum Zuschauen auf einem Haufen beisammen, noch viel mehr als am ersten Tag. Sie warten ja alle darauf, dass der feine Königssohn wieder auf seinem Schwarzen kommt. Den wollen sie alle sehen.

Als Hans auf seinem Schimmel angeritten kommt, sieht er seinen Vater wieder da stehen. »Ach, mein guter Mann«, sagt er, »ich muss mal einen Augenblick absitzen. Wollen Sie nicht so gut sein und mein Pferd ein bisschen halten?«

Der Alte meint zuerst, das ist ein anderer Königssohn. Er hat ja nun eine goldene Montur gehabt und einen Schimmel. Aber da erkennt er ihn wieder. »Ja, Herr, gern«, sagt er. Er denkt ja, er kriegt wieder einen Taler. Da kriegt er aber zwei Taler, dieses Mal. Und der Alte, der freut sich bannig.

Da sitzt Hans also wieder auf und reitet los durch all die Leute und dann in einer Karriere den Berg hinauf. Und als er halb oben ist, winkt er der Königstochter mit der Hand und dann wieder hinunter den Berg.

Nun wollen die Leute ihn wieder nicht durchlassen. Sie wollen ihn zurückhalten und stehen da Kopf an Kopf. Aber das Pferd reißt sich wieder hoch und setzt über alle Köpfe hinweg. Und in einem einzigen Augenblick ist Hans den Leuten aus dem Blick verschwunden.

Nun bringt er seinen Schimmel wieder weg und zieht sein altes, blutiges Schaffell über. Und dann macht er, dass er heimkommt. Als der Vater und die Brüder kommen, da geht das Wundern wieder los. Von den anderen, sagen sie, hat kein Einziger hinaufreiten können. Die sind da alle mit Händen und Füßen umhergekrabbelt. Aber der tüchtige Königssohn, der ist da schlankweg hinaufgeritten auf seinem Schimmel. Und wenn der man gewollt hätte, dann hätte er leicht ganz hinaufgekonnt. Und der Alte, der macht ja immer so viel Wesen um sein Trinkgeld. Er hat ihm man einen kleinen Augenblick das Pferd gehalten, sagt er, dass er bloß mal pissen gehen konnte – und da hat er ihm zwei Taler gegeben. Das muss ja ein fürchterlich reicher Herr sein. Und Hans, in seinem Schaffell, der hört das ja alles mit an und denkt: ›Wenn ihr wüsstet!‹

Nun kommt der dritte Tag. Die beiden Brüder sind wieder mit ihrem Pferd zum Schmied und lassen die Eisen noch schärfer machen. Und der Alte will auch wieder mit. Dem gefällt das Trinkgeld ja. Wenn das glückt, sagt er, dass er das Pferd halten muss, dann kriegt er dieses Mal vielleicht drei Taler. Und Hans in seinem Schaffell, der bittet, er will den feinen Königssohn ja auch so gern einmal sehen. Aber bewahre! Er darf wieder nicht mit!

Da redet Hans ganz herausfordernd hinter dem Ofen und sagt zu seinem Vater: »Dann will ich, dass dir der Hund wat schitt mit deinen drei Talern!« Da wird der Alte wütend: »Ich will dir!«, sagt er. Und er hebt die Hand und gibt ihm eine an seinen blutigen Kopf.

Als sie weg sind, die drei, bittet Hans seine Mutter, dass er wieder ein bisschen auf die Scheune steigen kann. Und da geht er rasch wieder hin zu seinem Berg, wirft das Schaffell ab und zieht die Montur mit den Diamanten an. Und dann sitzt er bei dem Fuchs auf und gleich wieder hin zu dem gläsernen Berg. Da steht auch sein Vater schon. »Ach, mein guter Mann«, sagt Hans, »könnten Sie nicht so gut sein und mein Pferd ein bisschen halten? Ich muss erst einmal einen Augenblick abtreten.«

»Ja, gern«, sagt der Alte. Er kennt ihn ja wieder und freut sich schon auf die drei Taler. Aber als Hans aufsitzen will und der Alte bereits die Hand hinhält, sagt der Hans: »Vielen Dank!«, gibt ihm aber nichts.

Dann sitzt er wieder auf bei seinem Pferd und los geht's durch die Leute und weiter in großen Sprüngen den Berg hinauf, ganz bis oben. Und da winkt er der Königstochter und nimmt ihr den goldenen Apfel aus der Hand. Und dann in einem Saus auf der anderen Seite den Berg wieder hinab. Sie stellen sich ja alle wieder auf einen Haufen, die Leute, und wollen ihn nicht durchlassen. Aber das Pferd reißt sich wieder hoch und setzt über alle die Menschen hinweg. Und in einem einzigen Augenblick ist nichts mehr von ihm zu hören und zu sehen.

Als die anderen drei nach Hause kommen – Hans sitzt ja schon lange wieder in seinem Schaffell hinter dem Ofen –, da reden sie wieder darüber, die beiden Brüder, wie schön das ausgesehen hatte mit dem feinen Königssohn, wie er da hinaufgeritten ist und wie er ihr den Apfel aus der Hand genommen hat. Und was das wohl für ein Königssohn gewesen ist. Kein Mensch hat ihn gekannt und in einem Augenblick ist er wieder verschwunden gewesen. Und der Alte ist ja so wütend, dass er dieses Mal gar nichts gekriegt hat. Er hat angenommen, sagt er, er kriegt drei Taler und er hat die Hand bereits hingehalten. Aber der Königssohn hat nichts weiter gesagt als »Vielen Dank!«. Gegeben hat er ihm aber gar nichts. »Und daran bist du Schweineigel schuld!«, sagt er zu Hans, »weil du es mir nicht gegönnt hast.« Und er gibt ihm rechts und links ein paar auf die Ohren. »Mach, dass du hinauskommst«, sagt er, »und miste den Schweinestall aus! Der ist schon acht Tage nicht mehr gemistet worden.« Und Hans, der hat ja seinen Spaß daran.

Nun wissen sie ja gar nicht, der König und seine Tochter, was das für ein Herr gewesen ist, da auf dem Glasberg. Und da lässt der König bekannt machen, wer das gewesen ist, der soll sich melden und dann soll er die Königstochter zur Frau haben. Da meldet sich aber kein Mensch. Da sagt die Königstochter zu ihrem Vater, sie will im Land umherfahren und ihn suchen. Her soll und muss er ja. Sie will keinen anderen zum Mann haben als den.

Nun ist sie schon eine Zeit lang umhergereist, hat aber niemanden gefunden. Und da kommt sie auch in das Dorf, in dem Hans und sein Vater wohnen, und kommt gerade an dem Haus vorbeigefahren. Der Alte, als er das feine Fahrzeug sieht, mit Kutscher und Bedientem und einem Vorreiter vorneweg, kommt hinausgelaufen vor die Tür und weiß gar nicht, was für ein hoher Besuch das ist.

Die Königstochter steigt aus und der Alte nötigt sie, mit hereinzukommen. Und da fragt sie ihn, ob er auch Söhne hätte.

»Ja«, sagt er, »zwei.«

Ja, dann soll er sie einmal hereinkommen lassen. Er ruft sie herein und da fragt die Königstochter, ob sie auch mit beim Reiten waren?

»Ja«, sagen sie, aber sie haben nicht hinaufkommen können, sie haben den Apfel nicht erwischt.

Da fragt sie den Alten, ob das alle seine Söhne sind, ob er nicht mehr hätte.

»Nein«, sagt er, mehr hätte er nicht.

»Ja«, sagt sie, sie hätte doch gehört, er habe drei.

»Ja«, sagt er, das habe er eigentlich auch. Aber den dritten, den würden sie gar nicht mitrechnen. Das wäre so, als wenn der nicht so richtig wäre, wie er sein sollte. Er wäre so ein bisschen ungeraten.

»Das«, sagt die Königstochter, »ist einerlei.« Der Alte solle den auch einmal hereinrufen.

»Ja«, sagt er, »den kann ich gar nicht sehen lassen. Der ist gerade im Stall und mistet bei den Schweinen.«

»Ja, das schadet nicht«, sagt sie.

Sehen will sie ihn erst einmal. Da geht der Alte hinaus und sagt zu Hans: »Du, Hans«, sagt er, »du sollst einmal hereinkommen. Da ist so eine feine Dame, die will dich sprechen. Aber dass du mir nicht so hereinkommst in den Holzpantoffeln und dem Klutt auf dem Kopf! Und dann mach dich erst ein bisschen rein und wasch dich. Du hast dich ja so richtig eingesaut mit dem Schweinemist. Du siehst ja selbst aus wie ein Schwein. Und dann musst du dich ein bisschen manierlich benehmen und musst ordentlich Guten Tag zu ihr sagen.«

»Ja, ist gut«, sagt Hans.

Nun hat es früher ja solche Nachtmützen für Mannsleute gegeben, solche baumwollenen Zipfelmützen. So eine hat Hans aufgehabt und hat sie den ganzen Tag nicht abgenommen: Da hat er den goldenen Apfel darin gehabt.

Als der Alte wieder weg ist: »Ach wat, Schiet!«, denkt Hans. »Du gehst so hinein, wie du bist!«

Als er auf die Vordiele kommt, ruft er: »Mutter, wo ist denn das Mädchen?«

»Jung«, sagt sie, »sei doch still! Da drinnen in der Stube, da ist sie.«

Nun hat Hans ja einen großen Priem hinter den Zähnen gehabt. Und da reißt er die Tür auf und kommt hineingetappt mit seinen Mistpantoffeln. Und als er so über die Schwelle tritt, speit er mitten in die Stube hinein. Dann zieht er seine Hand aus der Hosentasche und schnaubt sich mit den Fingern erst einmal die Nase aus. Und darauf hebt er die Hand und sagt: »Guten Tag, Mädchen, was soll ich hier?«

Der Alte, der springt gleich herzu: »Habe ich dir nicht gesagt, du Tülps, dass du so nicht hereinkommen sollst? Habe ich dir nicht gesagt, du sollst dich ein bisschen manierlich benehmen? Kannst du deine Mütze nicht abnehmen, wenn du in die Stube kommst!« Und er hebt die Hand und haut ihm hinter die Ohren, dass ihm die Zipfelmütze vom Kopf fliegt. Und damit fliegt ja auch der Apfel heraus, aus der Mütze, und rollt unter das Sofa.

Da springt die Königstochter auf und ergreift den Apfel. Und dann sagt sie zu dem Alten: »Der soll es sein, gerade der, genau den habe ich gesucht.« Und damit gibt sie sich zu erkennen, dass sie die Königstochter ist. Und der Alte weiß ja gar nicht, was er sagen soll, der sperrt bloß Mund und Nase auf.

Da fragt sie den Alten, ob er ein Logis hätte, wohin sie mit dem Hans gehen könne, damit er sich ein bisschen rein machen und anderes Zeug anziehen kann? Da muss rasch die Alte her und fix das Logis ordentlich machen, und die Königstochter ist mit ihm hinein. Nun muss die Alte ja Waschwasser und Waschzeug bringen, damit er sich ordentlich waschen kann. Und der Bediente holt ihm das Prinzenzeug, das hat sie in dem Kutschwagen ja bereits mitgebracht. Und dann kommt Hans als Prinz wieder in die Stube.

»So«, sagt die Königstochter da zu dem Alten, »jetzt nehme ich ihn mit zum Schloss. Hier ist aus ihm ja nichts

Rechtes geworden. Dafür will ich ihn nun zum Mann haben.« Dann sagt sie: »Mit Gott«, und die beiden fahren zusammen los.

Bald danach haben sie Hochzeit gehalten und haben glücklich und vergnügt miteinander gelebt. Und wenn sie nicht tot sind, dann leben sie noch immer.

VON DEM RIESEN, DER KEIN HERZ IM LEIB HATTE

Norwegen

Es war einmal ein König, der hatte sieben Söhne, von denen hielt er so viel, dass er nicht leben konnte ohne sie; einer wenigstens musste immer um ihn sein. Als die Söhne groß waren, sollten die sechs ältesten ausziehen, um sich eine Frau zu suchen. Den Jüngsten aber wollte der Vater bei sich zu Hause behalten und die anderen sollten für ihn eine Königstochter mitbringen. Der König gab nun den sechs Prinzen die schönsten Kleider, die man sich denken kann, sie waren so prachtvoll, dass man den Glanz schon von Weitem sehen konnte. Dann erhielt jeder ein Pferd, das viele, viele hundert Taler kostete, und damit reisten sie fort.

Als sie nun eine große Anzahl von Königshöfen besucht und dort viele Prinzessinnen gesehen hatten, kamen sie endlich auch zu einem König, der sechs Töchter hatte. So schöne Königstöchter aber hatten die Prinzen noch nie gesehen und jeder freite um eine von ihnen und bekam sie zur Braut. Darauf begaben sie sich mit den Königstöchtern wieder auf den Heimweg zu ihrem Vater. Sie waren aber so verliebt in ihre Bräute, dass sie ganz vergaßen, auch eine Prinzessin für Aschenbrödel mitzubringen, der zu Hause geblieben war.

Wie sie nun schon eine gute Strecke Wegs zurückgelegt hatten, kamen sie an einer steilen Bergwand vorbei, wo das Schloss eines Riesen war. Als der Riese sie erblickte, kam er heraus und verwandelte sie alle in Stein, sowohl die Prinzen als auch die Prinzessinnen.

Der König wartete nun immerzu auf die Rückkehr seiner Söhne, aber so lange er auch wartete, sie kehrten nicht heim. Da wurde der König sehr betrübt und konnte nicht wieder froh werden. »Hätte ich dich nicht noch«, sagte er zu Aschenbrödel, »so wollte ich gar nicht mehr in dieser Welt leben.«

Da bat Aschenbrödel den König, er möge ihm erlauben fortzugehen, um seine Brüder zu suchen. »Nein, das kann ich nicht«, sagte der König, »denn nachher kommst du auch nicht wieder.« Aber Aschenbrödel wollte um jeden Preis fort und bat seinen Vater so lange, bis er ihn endlich reisen ließ. Nun hatte der König aber nur noch ein einziges Pferd für Aschenbrödel, eine alte elende Kracke, denn die sechs anderen Königssöhne hatten alle guten Pferde bekommen. Das kümmerte Aschenbrödel jedoch wenig, er setzte sich auf seine alte Kracke und reiste fort. »Lebe wohl, Vater!«, sagte er, als er abreiste, »ich werde schon zurückkommen, und vielleicht bringe ich dann meine Brüder auch mit.«

Als er eine Weile geritten war, fand er auf dem Weg einen Raben, der lag da und schlug mit den Flügeln und konnte vor Hunger und Mattigkeit nicht von der Stelle. »Ach, gib mir doch ein wenig zu essen«, sagte der Rabe, »dann will ich dir auch helfen, wenn du mal in Not kommst.«

»Ja, viel habe ich nicht«, sagte der Königssohn, »und du siehst auch gar nicht danach aus, dass du mir große Hilfe leisten könntest. Weil du es aber so nötig zu haben scheinst, will ich dir geben, was ich vermag.« Daraufhin öffnete er seinen Ranzen und gab dem Raben zu essen.

Wie er nun ein Stück weitergereist war, kam er zu einem Bach. Nicht weit davon lag ein großer Lachs, der auf das trockene Land gekommen war und zappelte und nicht wieder zurück ins Wasser konnte. »Ach, hilf mir doch wieder ins Wasser«, sagte der Lachs, »ich will dir auch helfen, wenn du mal in Not kommst.«

»Ja, deine Hilfe wird mir wohl nicht viel nützen«, sagte der Königssohn, »aber es wäre Sünde, dich hier umkommen zu lassen«, und damit setzte er den Fisch wieder ins Wasser.

Nun reiste er wieder ein gutes Ende weiter, da traf er auf dem Weg einen Wolf, der lag da und wand und krümmte sich vor lauter Hunger. »Ach, gib mir doch dein Pferd zu fressen«, sagte der Wolf, »denn ich bin so hungrig, dass mir der Magen schlottert, weil ich seit zwei Jahren nichts zu essen bekommen habe.«

»Nein«, antwortete Aschenbrödel, »das kann ich nicht! Erst kam ich zu einem Raben, dem musste ich mein Essen geben, darauf kam ich zu einem Lachs, dem musste ich wieder ins Wasser helfen, und du willst nun gar mein Pferd haben. Das geht ganz und gar nicht, denn dann weiß ich nicht, wie ich meine Reise fortsetzen soll.«

»Bitte, du musst mir helfen«, sagte der Wolf. »Du kannst nachher auf mir weiterreiten, und ich will dir auch helfen, wenn du mal in Not kommst.«

»Na, was du mir helfen kannst, hat wohl nicht viel zu bedeuten«, erwiderte der Königssohn, »aber nimm das Pferd nur, wenn du es doch so nötig hast.«

Als der Wolf das Pferd gefressen hatte, zäumte Aschenbrödel den Wolf auf und legte ihm den Sattel auf den Rücken, denn der Wolf war jetzt stark und groß geworden von dem, was er gefressen hatte, weit größer als ein Pferd.

Kaum hatte der Königssohn sich aufgesetzt, da rannte der Wolf mit ihm los – so schnell war Aschenbrödel noch nie geritten!

Nachdem sie bereits einen langen Weg zurückgelegt hatten, sagte der Wolf: »Wenn wir noch ein kleines Stück weiter sind, werden wir zum Schloss eines Riesen kommen.« Es dauerte nicht lange, und sie waren da. »Hier siehst du das Schloss«, sagte der Wolf, »und dies hier sind deine sechs Brüder, die der Riese in Stein verwandelt hat, und das da sind ihre sechs Bräute. Dort hinten siehst du auch die Tür zum Schloss, da musst du jetzt hineingehen.«

»Nein«, entgegnete der Königssohn, »der Riese bringt mich um.«

»Sei nur ohne Furcht«, versetzte der Wolf, »wenn du hineinkommst, triffst du dort eine Prinzessin an, die wird dir sagen, was du tun musst, um den Riesen zu töten, und dann mach nur alles so, wie sie es dir sagt.«

Darauf ging Aschenbrödel ins Schloss hinein und wie er durch mehrere Zimmer gekommen war, saß in dem einen die Prinzessin – eine so schöne junge Frau hatte er noch nie gesehen! »Ach, Gott steh dir bei!«, rief sie, als sie ihn erblickte, »wie bist du hier hereingekommen? Dein Tod ist dir gewiss, denn hier wohnt ein Riese, den kann niemand töten, weil er kein Herz im Leib hat.«

»Ich will es aber trotzdem versuchen«, erwiderte Aschenbrödel, »denn darum bin ich hergekommen. Und meine Brüder, die hier in Stein verwandelt sind, will ich auch retten, und dich dazu, wenn ich kann.«

Als nun die Prinzessin merkte, dass sie ihn nicht überreden konnte fortzugehen, sagte sie: »Lass uns zusehen, wie wir es am besten anfangen: Krieche du hier unter dieses Bett und da musst du still liegen bleiben und genau zuhören, was der Riese sagt, wenn ich ihn ausfrage.« Er kroch also unter das Bett und kaum war das geschehen, kam der Riese herein. »Hutetu! Hier riecht es so nach Menschenfleisch!«, rief er. »Ja«, antwortete die Prinzessin, »eine Elster flog vorbei mit einem Knochen im Schnabel, den ließ sie durch den Schornstein fallen. Ich habe mich zwar beeilt, ihn wegzuschaffen, aber es muss wohl noch der Geruch zurückgeblieben sein.« Damit war der Riese zufriedengestellt.

Als es Abend wurde, legten sie sich zu Bett, und wie sie eine Weile gelegen hatten, sagte die Prinzessin: »Da gibt es etwas, wonach ich dich gern fragen würde, aber du darfst nicht böse werden.«

»Was ist es denn?«, fragte der Riese.

»Ich möchte gerne wissen«, antwortete sie, »wo du dein Herz hast, weil du es doch nicht bei dir trägst.«

»Das ist etwas, wonach du nicht zu fragen brauchst«, sagte der Riese, »es liegt dort unter der Türschwelle.«

»Aha!«, dachte Aschenbrödel, der unter dem Bett lag, »da wollen wir es schon finden!«

Am nächsten Morgen stand der Riese früh auf und ging in den Wald. Kaum war er fort, fingen Aschenbrödel und die Prinzessin an, unter der Türschwelle zu suchen. Aber wie sie auch suchen und graben mochten, sie fanden rein gar nichts. »Diesmal hat er uns angeführt«, sagte die Prinzessin, »aber wir müssen es noch einmal versuchen.« Dann pflückte sie die schönsten Blumen, die sie finden konnte, und bestreute damit die Türschwelle, nachdem sie diese vorher wieder instand gebracht hatten.

Als die Zeit kam, zu der sie den Riesen zurückerwarteten, musste Aschenbrödel wieder unter das Bett kriechen. »Hutetu! Hier riecht es so nach Menschenfleisch!«, rief der

Riese, als er eintrat. »Oh, das ist wohl noch der Knochen von gestern«, entgegnete die Prinzessin und damit war der Riese zufrieden. Nach einer Weile fragte er, wer denn all die schönen Blumen auf die Türschwelle gestreut hätte. »Oh, das habe ich getan«, erwiderte die Prinzessin. »Und wozu das?«, fragte der Riese. »Meinst du denn nicht, dass ich dich lieb genug habe, um die Schwelle mit Blumen zu bestreuen, wenn ich weiß, dein Herz liegt darunter?«, fragte die Prinzessin. »Ah so!«, sagte der Riese, »da liegt es aber nicht.«

Nachdem sie sich am Abend zu Bett gelegt hatten, bat die Prinzessin, er möchte ihr doch sagen, wo sein Herz wäre, denn sie halte überaus viel von ihm, sagte sie, und darum möchte sie es so gern wissen. »Oh, es liegt dort in dem Wandschrank«, antwortete der Riese. »Haha!«, dachte Aschenbrödel, »da wollen wir es schon finden!«

Am nächsten Morgen machte der Riese sich wieder früh auf und ging in den Wald. Kaum aber war er fort, als Aschenbrödel und die Königstochter den ganzen Schrank durchsuchten, um sein Herz zu finden. Aber so fleißig sie auch suchten, sie fanden auch diesmal nichts.

»Wir müssen es noch einmal probieren«, sagte die Prinzessin. Sie schmückte nun den Schrank mit Blumen und mit Kränzen und gegen Abend musste Aschenbrödel wieder unter das Bett kriechen. Kurz darauf kam der Riese. »Hutetu! Hier riecht es so nach Menschenfleisch!«, rief er, als er eintrat. »Ach, es ist wohl immer noch der alte Knochen«, sagte die Prinzessin, »der Geruch will gar nicht wieder fort.« Damit war der Riese zufrieden und sagte weiter nichts. Als er aber den Schrank erblickte, der mit Blumen und Kränzen geschmückt war, fragte er die Prinzessin, wer das getan hätte. »Ach, das habe ich getan«, antwortete sie. »Und was soll der Unsinn?«, fragte er. »Meinst du denn nicht, dass ich dich lieb genug habe, um den Schrank mit Blumen und Kränzen zu schmücken, wenn ich weiß, dein Herz liegt darin?«, fragte sie. »Wie kannst du so närrisch sein und das glauben?«, fragte der Riese. »Ich muss es ja wohl glauben, wenn du es sagst«, versetzte die Prinzessin. »Du bist eine Närrin!«, rief der Riese, »dahin, wo mein Herz ist, kommst du nie!«

»Du könntest mir aber doch sagen, wo es ist«, bat da die Prinzessin.

Nun konnte der Riese nicht anders, er musste es ihr erzählen. »Weit, weit von hier in einem Wasser«, sagte er, »liegt eine Insel. Auf der Insel steht eine Kirche, in der Kirche ist ein Brunnen, in dem Brunnen schwimmt eine Ente, in der Ente ist ein Ei und in diesem Ei – da ist mein Herz.«

In aller Frühe am nächsten Morgen, als es noch nicht dämmerte, machte sich der Riese wieder auf, um in den Wald zu gehen. »Jetzt muss ich auch fort«, sagte Aschenbrödel, »ach, wenn ich bloß den Weg wüsste.« Dann verabschiedete er sich von der Prinzessin und als er draußen vor das Schloss kam, stand der Wolf schon da und wartete auf ihn. Aschenbrödel erzählte ihm alles, was im Schloss geschehen war, und sagte, nun wolle er zu dem Brunnen in der Kirche, wenn er bloß den Weg dahin wüsste. Da erwiderte der Wolf, den Weg werde er ihm schon zeigen. So setzte sich Aschenbrödel auf seinen Rücken und es ging fort über Klippen und Hügel, über Berg und Tal, dass es nur so sauste.

Als sie schon manchen lieben Tag gereist waren, kamen sie endlich zu einem Wasser. Da wusste der Königssohn nicht, wie er hinüberkommen sollte. Doch der Wolf sagte, er solle sich bloß nicht fürchten, und dann sprang er in das Wasser und schwamm mit dem Prinzen hinüber zu der Insel. Als sie aber zu der Kirche kamen, hing der Schlüssel ganz oben an der Turmspitze. Nun wusste der Königssohn nicht, wie er ihn herunterbekommen sollte.

»Du musst den Raben zu Hilfe rufen«, sagte der Wolf, und so machte es der Prinz. Da kam der Rabe geflogen, schwang sich hinauf zu der Turmspitze und holte den Schlüssel herab. Nun konnte der Prinz in die Kirche hineingehen und als er zu dem Brunnen kam, schwamm die Ente darin auf und ab, so, wie der Riese es gesagt hatte. Der Prinz fing nun an, sie zu locken und lockte so lange, bis die Ente nah genug herankam, dass er sie packen konnte. Als er sie aber aus dem Wasser hob, ließ die Ente das Ei in den Brunnen fallen.

Nun wusste Aschenbrödel nicht, wie er das Ei wiederbekommen sollte. »Du musst jetzt den Lachs zu Hilfe rufen«, sagte der Wolf. Da rief der Prinz den Lachs und dieser kam sogleich und holte das Ei herauf. Jetzt, sagte der Wolf zu dem Prinzen, solle er das Ei in der Hand zerquetschen, und als der Prinz zudrückte, schrie der Riese laut auf. »Drück noch einmal!«, sagte da der Wolf. Und als der Prinz noch einmal zudrückte, erhob der Riese ein klägliches Gewinsel und bat und flehte um sein Leben. Er wolle auch alles machen, was der Königssohn verlange, sagte er, wenn er ihm bloß nicht das Herz entzweidrücken würde.

»Sage ihm, wenn er deine sechs Brüder, die er in Steine verzaubert hat, wieder in Prinzen zurückverwandelt und ihre Bräute in Prinzessinnen, dann solle er das Leben behalten«, sprach der Wolf, und das machte der Prinz. Ja, dazu war der Troll sogleich bereit und er verwandelte die sechs Brüder wieder in Prinzen und ihre Bräute in Prinzessinnen.

»Drück jetzt das Ei entzwei!«, befahl der Wolf. Da drückte der Königssohn das Ei entzwei und der Riese barst mitten auseinander. Als sie nun quitt waren, ritt Aschenbrödel wieder zurück zu dem Schloss des Riesen. Da standen alle seine sechs Brüder mit ihren Bräuten frisch und gesund vor ihm, und Aschenbrödel ging hinein ins Schloss und holte sich die Prinzessin. Sie wurde nun seine Braut, und dann reisten sie alle miteinander zurück zum Schloss des Königs.

Wie nun der alte König seine sieben Söhne mit ihren Bräuten ankommen sah, freute er sich nicht wenig, das kannst du glauben. Aber die schönste von allen Prinzessinnen war doch die Braut von Aschenbrödel und er musste sich mit ihr bei der Tafel oben hinsetzen, auf den Ehrenplatz. Dann hielten alle sieben Königssöhne Hochzeit mit ihren Bräuten und es wurde gefeiert und gejubelt viele Tage lang, und wenn sie nicht ausgejubelt haben, so jubeln sie wohl immer noch.

DER MOND

Kaukasus, ossetisch-digonisch

Da waren einmal sieben Brüder; die sieben Brüder aber hatten eine Mutter. In einem Frühling, als die sieben Brüder Gras mähen gegangen waren, gebar ihre Mutter ein Mädchen mit Hauern und band es in der Wiege an. Sie selbst aber begann den Mähern das Mittagessen zu bereiten und als es fertig war, sagte die Mutter: »Ich will gehen und meinen Söhnen Essen hintragen.« Als das Mädchen dies hörte, sprach es: »Mutter, ich gehe mit dir.« Wie war die Mutter da erstaunt, die Tochter sprechen zu hören, und sie sagte zu ihr: »Wohin willst du denn?«

»Wohin du willst, dahin will auch ich«, antwortete das Mädchen.

So gingen sie aus dem Haus und zur Wiese, wo die Brüder waren. Das Essen hatten sie auf das Pferd gelegt. Als sie angelangt waren, schickten die Brüder die Schwester in eine Niederung, um das Pferd dort an den Füßen anzubinden. Da das Mädchen lange ausblieb, sagten die anderen zum jüngsten Bruder: »Geh, schau nach, warum unsere Schwester sich verspätet, damit sie nicht verloren geht.«

Der Jüngste ging und als er zu der Niederung kam, sah er, wie das Mädchen die Hälfte des Pferdes schon verzehrt hatte. Da kehrte er zurück und verabschiedete sich von seinen Brüdern. »Lebt wohl«, sagte er, »ich werde fortgehen und nicht mehr mit euch zusammenarbeiten.«

Als er sie verlassen hatte, ging er lange und Gott weiß, welche Strecke er schon zurückgelegt hatte, da erblickte er einen Turm und ging hinein. Drinnen im Turm aber war ein schwarzäugiges, braunhaariges Mädchen, eins, das wie Schnee leuchtete. Das Mädchen freute sich über ihn und sie begannen, zusammenzuleben.

Eines Tages aber seufzte der Mann und sagte zu dem Mädchen: »Wir waren sieben Brüder und was aus den anderen geworden ist, das weiß ich wirklich nicht. Wenn ich sie doch noch einmal sehen könnte!« Die Frau aber sprach: »Lass sie, ganz gleich, was aus ihnen geworden ist, geh nicht mehr zu ihnen.« Der Mann antwortete: »Ohne sie gefunden zu haben, geht für mich kein Weg weiter.«

»So geh denn, wenn es dich so stark treibt«, sagte da seine Frau zu ihm, »hier hast du einen Schleifstein, einen Kamm und ein Stück Kohle. Wenn du in Bedrängnis kommst, wirf eins von ihnen fort, vielleicht können sie dir zu etwas nützen.«

So machte er sich auf und ging zu dem Dorf, in dem er gelebt hatte. Er suchte das Haus seiner Familie und aus diesem Haus stieg noch Rauch auf. Sonst gab es nichts Lebendiges mehr im ganzen Dorf. Das verfluchte Mädchen mit den Hauern hatte alle ins Jenseits befördert.

Als der Bruder zu ihr ins Haus trat, lief das Mädchen ihm entgegen und fragte: »Wo warst du, mein einziger Bruder, bis jetzt habe ich auf dich gewartet. Komm herein, wie schön, dass ich dich lebend wiedersehe.« So gingen sie ins Haus. Nachdem der Bruder sich auf eine Bank gesetzt hatte, gab ihm seine Schwester eine Geige und sagte: »Spiel inzwischen darauf.« Sie selbst aber lief, unter dem Vorwand, das Essen zu bereiten, in die Vorratskammer, um ihre Hauer zu schleifen.

Kaum war sie fort, da kam aus einem Winkel eine Maus heraus und lief zum Bruder. Es war jene Maus, in welche die Seele ihrer Mutter verwandelt war, und sie sprach: »Fliehe! Deine Schwester schleift ihre Hauer und wird dich fressen!« Da sprang der Mann durchs hintere Fenster hinaus und lief fort. Die Maus aber hüpfte auf der Geige hin und her und ließ sie ertönen, als ob der Bruder spiele. Das Mädchen in seiner Kammer horchte auf die Musik. Als sie ihre Hauer fertig geschliffen hatte, kam sie heraus und wie sie die Maus erblickte, schrie sie auf: »O Gjaur, du hast aus meinem Munde meinen Bissen entschlüpfen lassen.« Sogleich packte sie die Maus und verschlang sie, die Maus aber sprang wieder aus ihrem Hinterteil heraus. Da verschlang das Mädchen sie zum zweiten Mal, die Maus aber sprang wiederum aus ihrem Hintern. Auf diese Weise bewirkte die Maus eine Verzögerung von einer Stunde.

Als das Mädchen schließlich kein Mittel fand, um die Maus zu töten, ließ sie von ihr ab und begann ihren Bruder zu verfolgen. Bald hatte sie ihn eingeholt und rief: »Verflucht sei dein Tag, wohin willst du vor mir fliehen?«

Wie sie näher herankam, warf der Mann den Kamm fort und hinter ihm wuchs ein stachliges Gestrüpp, durch das es keinen Durchgang gab. Da begann das Mädchen mit ihren Hauern das Gestrüpp zu durchbrechen und machte sich so selber einen Weg. Währenddessen flüchtete der Bruder weiter und nachdem das Mädchen sich einen Durchgang geschaffen hatte, verfolgte sie ihn erneut.

Abermals holte sie ihn ein und rief ihm zu: »Bis wohin willst du noch vor mir fliehen, ein Mittel hattest du – jetzt aber hat Gott dich mir gegeben.« Als sie näher kam, warf er das Stück Kohle fort und zwischen ihnen entstand ein dunkler Wald, so einer, aus dem kein Herauskommen ist.

Das Mädchen begann auch hier mit ihren Hauern einen Weg zu machen und er war schnell fertig. Der Bruder aber setzte seinen Lauf fort und schaute öfter nach ihr zurück.

Sie holte ihn jedoch wieder ein und der Bruder warf jetzt seinen Schleifstein fort und ein großer, schwarzer Berg entstand. Doch das Mädchen zernagte auch ihn mit ihren Hauern, kam auf der anderen Seite heraus und verfolgte ihn von Neuem.

Der Mann aber war inzwischen bei dem alten Turm angelangt, in dem seine Frau lebte. Gerade als er vor dem Turm stand und seine Frau ihre Hand nach ihm ausstreckte, um ihn hochzuziehen, kam auch das Mädchen an und ergriff ihn am Fuß. So begannen die beiden, den Mann zwischen Himmel und Erde zueinander zu ziehen. Das Mädchen sprach: »Er ist mein Bruder und mein.« Die Frau aber sagte: »Bis wann Gott ihn dir gegeben hat, bis dahin war er dein, jetzt aber ist er mein.«

So stritten sich die beiden noch lange um den Mann. Dann kamen sie überein, dass er zwei Wochen vom Monat der Frau gehören sollte, zwei Wochen aber der Schwester. Von da ab und bis heute steht der Mond am Himmel, und wenn er in der Hand der Schwester ist, so frisst sie ihn, wenn er aber in der Hand seiner Frau ist, so macht diese ihn wieder ganz.

DAS WEISSE KÄTZCHEN

Dänemark

Auf einem Hof war einmal ein Ehepaar, das hatte drei Söhne, der eine hieß Povl, der zweite Pejr und der dritte Esben. Povl und Pejr waren die älteren und sie waren so recht ein paar stramme, tüchtige Kerle, von denen sich die Eltern Freude und Ehre versprachen. Esben dagegen war ein sonderbarer Kauz, oft torkelte er herum und benahm sich so närrisch wie die großen Gänseküken. Meistens saß er auf dem Herd und zeichnete in der Asche Wölfe und Meerkatzen, und darum gaben sie ihm den Spitznamen Esben Aschenwühler.

Als nun die Söhne heranwuchsen und der Alte einem von ihnen den Hof abtreten wollte, war er ganz ratlos, wem von ihnen er diesen Gefallen erweisen sollte, denn er meinte, Povl und Pejr würden es in gleicher Weise verdienen. Von Esben war dabei nie die Rede, ihn schlossen sie aus – er war ja so närrisch und sonderbar. Na, genug davon.

Als sich der Vater nun gar nicht mehr zu helfen wusste, sagte er eines Tages zu seinen Söhnen – also zu Povl und Pejr –, sie sollten ausziehen und sich einen Dienst suchen, und wer von ihnen den größten Jahreslohn nach Hause brächte, der sollte den Hof als Erbteil und Besitztum haben. Jawohl, darauf gingen sie ein.

Das hörte Esben und als der Tag kam, an dem Povl und

Pejr aufbrechen wollten, trat er vor und sagte, er wolle auch ausziehen und sein Glück versuchen. Der Alte und die Brüder lachten ihn nur aus und sagten, es sei für ihn am ratsamsten, er bleibe zu Hause im Aschenwinkel bei seinen Wölfen und Meerkatzen, das passe für ihn wohl am besten. Doch Esben ließ sie immer nur reden und als die beiden anderen aufbrachen, ging er hinterher. Über ein solches Gefolge waren Povl und Pejr gar nicht erfreut und darum überlegten sie gemeinsam, wie sie ihn loswerden könnten. Bald darauf gelangten sie an einen Kreuzweg und da sagten sie zu ihm, jetzt wollten sie sich trennen, er solle nun den Weg gehen, der in den Wald führe, und sie würden jeder einen der anderen Wege einschlagen.

»Jawohl«, sagte Esben und ging los, und sie lachten sich eins ins Fäustchen, denn sie wussten, dass der Wald von wilden Tieren nur so wimmelte, von Löwen und Bären und Wölfen, und wenn diese erst über Esben herfielen, dann würden sie ihm bald den Garaus machen. Esben hatte von diesen wilden Tieren nicht die geringste Ahnung und merkte auch nichts davon, als er den Wald erreichte. Stattdessen aber kam ihm ein weißes Kätzchen entgegen.

»Wo willst du hin, guter Bursche?«, fragte es.

»Wie, du kannst sprechen?«, sagte Esben, »du bist mir ja eine seltsame Katze.«

Doch, so war es, das Kätzchen konnte reden.

»Je nun«, sagte Esben, »so mag es gut sein.«

Und dann erzählte er dem Kätzchen, so und so, er suche das und das.

Ob er bei ihm dienen wolle, fragte das Kätzchen.

»Warum nicht? Bei dir so gut wie bei einem anderen«, antwortete Esben.

»Ja, dann folge mir.«

Da folgte Esben dem Schwanz seiner Herrin und ging mit dem Kätzchen in den Wald hinein. Aber mit einem Mal bricht unter ihnen die Erde auseinander und sie versinken und kommen in ein Schloss, so fein und prächtig, dass es in jedem Winkel blitzte und funkelte vor lauter Gold und Silber.

Als nun das Jahr vorüber war, fragte Esben das Kätzchen, ob er nun um seinen Lohn bitten dürfe, den er verdient habe, denn jetzt wolle er nach Hause. »Ja, gewiss darfst du das«, antwortete das gute Kätzchen und gab ihm einen kleinen Beutel mit etwas darin, das aussah und sich anfühlte wie Kies und Steinchen, und dann sagte es zu ihm, er solle nur aus dem Beutel herausnehmen, ohne dabei hineinzuschauen. Das wolle er wohl tun, erwiderte Esben, und dann sagte er dem Kätzchen Lebewohl und Dankeschön und ging davon, und gleich darauf war er zu Hause. Seine Brüder waren schon angekommen und beide hatten sich einen dicken Lohn verdient. Wessen Lohn aber der größte war, das war nicht leicht zu sagen, und deshalb saß der arme Vater nun fast noch schlimmer in der Klemme als vorher.

Als Esben quicklebendig zur Tür hereinkam, zogen Povl und Pejr aber lange Gesichter, und das wurde noch schlimmer, als er dann in den kleinen Beutel griff und eine Handvoll Silbergeld nach der anderen auf den Tisch legte. Der Haufen wurde so ungeheuer groß, dass man es bald nicht mehr mit ansehen konnte. Nun lag es so klar zutage, wer den größten Jahreslohn verdient hatte, dass es ein Blinder mit dem Krückstock hätte fühlen können. Weil es aber der dumme Esben war, sagte der Vater, diese eine Probe solle noch nicht gelten. Die Söhne sollten noch einmal ausziehen und nun komme es darauf an, wer von ihnen die längste Goldkette verdienen könnte. »Ei freilich«, sagte Esben, und dann machten sie sich alle drei wieder auf den Weg.

Als sie nun an den Kreuzweg kamen, sagten Povl und Pejr, diesmal wollten sie den Waldweg probieren und Esben könne gehen, wohin er lustig sei. Und das taten sie auch. Sowie sie aber den Wald erreichten, stürzte ein entsetzlicher Haufen von wilden Tieren brüllend und brummend und heulend auf sie los und drohte, sie im selben Augenblick zu fressen. Da machten Povl und Pejr kehrt und rannten zurück, so schnell sie konnten. Sie riefen Esben und sagten, sie hätten sich die Sache anders überlegt, es sei am besten, wenn er in den Wald ginge, wo er doch den Weg nun einmal kannte.

Ja, Esben war gleich einverstanden und auch diesmal bemerkte er keine wilden Tiere. Er begegnete nur dem weißen Kätzchen und trat wie das letzte Mal in seinen Dienst. Und als die Zeit vorüber war, ging er zum Kätzchen und bat um seinen Jahreslohn, und er bekam eine kleine Schachtel mit einem Stückchen Faden, so lang wie ein Finger. Diesen Faden sollte er zu Hause an einen Nagel binden und dann brauche er nur daran zu ziehen, sagte das gute Kätzchen.

»So soll es geschehen«, antwortete Esben. »Leb wohl und hab Dank!«

Auch diesmal waren seine Brüder vor ihm angekommen. Sie stolzierten auf und ab, jeder mit einer goldenen Kette auf dem Bauch, die so lang und so dick war, dass man daran zur Not einen Hund hätte festbinden können. Aber ihr alter Vater kratzte sich hinterm Ohr, er war nun auch nicht klüger, denn nach seiner Meinung waren beide Goldketten gleich gut.

Da auf einmal trat Esben zur Tür herein und sowie sie ihn erblicken, fielen sie mit einem Haufen Fragen über ihn her, aber er antwortete darauf mit keinem Wort. Er suchte sich nur einen Hammer und einen dreizölligen Nagel und ging hinaus, schlug den Nagel in den Eckpfeiler eines Nebengebäudes, band den Faden fest und zog – und zog eine goldene Kette hervor, die siebenmal um den ganzen Hof reichte.

Als der Alte und seine beiden Söhne das sahen, meinten sie, die Probe solle auch diesmal noch nicht gelten – nein, aller guten Dinge sind drei, sie sollten es noch einmal versuchen, dann aber sollte es auch voller Ernst sein.

Da sagte der Alte, wer von ihnen in einem Jahr die schönste Braut heimbringe, dem solle der Hof so sicher sein wie das Amen in der Kirche. Das gefiel den beiden anderen, denn sie dachten bei sich, wenn sie bis dahin mit Esben nicht mithalten konnten – in dieser Sache sollte er wohl verlieren.

Und so zogen sie wieder los. Esben ging wie die anderen Male zum weißen Kätzchen und als das Jahr vorüber war, bat er um seinen Lohn. »Den sollst du bekommen«, antwortete das Kätzchen, »aber erst musst du mir den Kopf abschlagen und auf meinen Schwanz setzen.«

Nein, das wollte und konnte Esben nie im Leben tun, das brächte er nicht übers Herz, sagte er.

»Du sollst es aber trotzdem tun«, sagte das weiße Kätzchen, »denn sonst muss ich dir den Kopf abbeißen.« Na, da musste er ja daran, wie schwer es ihm auch fiel. Doch sobald es geschehen war, stand vor ihm die lieblichste Prinzessin, die er je vor Augen gehabt hatte.

»Jetzt geh nach Hause und warte, bis ich komme«, sagte sie zu ihm, und das tat er.

Auch diesmal waren Povl und Pejr schon angekommen und als sie Esben sahen, der mutterseelenallein zurückkehrte, schwoll ihnen die Brust. Aber ihr alter Vater war noch nie im Leben in so arger Bedrängnis gewesen – er sollte nun entscheiden, wessen Liebste die schönste war. Die beiden Söhne hatten sich nämlich ein paar prachtvolle Frauenzimmer mitgebracht, mit Krinolinen und Ohrringen – welche aber die Schönste von ihnen sein sollte, das ging dem Alten über den Verstand. Und er zerbrach sich den Kopf und kratzte sich am Arm und fast wäre er aus der Haut gefahren, aber das half alles nichts.

Doch im gleichen Augenblick kam die Prinzessin auf den Hof und vor die Tür gefahren, mit vier Pferden und Kutscher und Diener auf dem Bock. Da gab es ein Gerenne und Gelaufe, denn so einen schönen und vornehmen Gast hatten sie nie zuvor auf dem Hof gehabt. Die Prinzessin wurde in die gute Stube gebeten und dann wurde für sie geschlachtet und gebrutzelt und gebacken, das Beste vom Besten, so gut sie konnten. Zu Esben sagte die Prinzessin kein Wort und da war er auch still.

Als nun die Suppe für sie aufgetragen werden sollte, meinte Esben, er wolle auftragen, und das wurde ihm schließlich auch erlaubt. Und wie er gerade mitten im Zimmer ist, da – pardauz – fällt der Tolpatsch der Länge lang hin und reißt die Suppenschüssel zu Boden, dass alles davonschwimmt und auf das gute neue Seidenkleid der Prinzessin spritzte. »Das macht nichts«, sagte die Prinzessin und schüttelte die Suppe vom Kleid. Aber der Vater und seine beiden älteren Söhne schafften Esben schleunigst hinaus, steckten ihn in einen Schrank und schlossen ihn ein.

Als es Nacht wurde und alle zur Ruhe gegangen waren,

schlüpfte Esben aus dem Schrank und schlich sich in die Gästekammer zur Prinzessin.

Am nächsten Morgen kam seine Mutter in die Kammer, um der Prinzessin den Kaffee ans Bett zu bringen – sie hatte nämlich gehört, solche feinen Leute würden den Kaffee im Bett trinken –, und was sieht sie wohl, wer da neben der Prinzessin den Kopf hervorstreckt? Esben, ja!

Da bekommt sie einen großen Schreck, wirft alles hin und rennt, wie sie geht und steht, zu ihrem Mann und erzählt ihm, die Sache sei so und so. Und der, eins, zwei, drei, ergreift den allerdicksten Knüppel und läuft hinauf in die Kammer, um Esben richtig zu verprügeln. Wie er aber nun zur Tür hereinstürzt, da sagt die Prinzessin, das Prügeln solle er mal lassen, denn Esben sei ihr Bräutigam.

Und dann rief sie einen der Diener und der kam auch gleich und brachte für Esben einen funkelnagelneuen Anzug, mit Gold und Silber durchwirkt und so fein, dass es nicht zu glauben war. Den zog Esben an und dann setzte er sich mit der Prinzessin in die Kutsche und fuhr zu ihrem Schloss und da feierten sie eine große, prächtige Hochzeit, die viele Tage dauerte.

Ich weiß es besser als jeder andere, denn ich war selbst bei ihrem Fest. Wir haben auf einem gläsernen Fußboden getanzt, aber ich war zu schwer, und der Boden zerbrach, brach unter mir entzwei, und ich fiel hindurch und eben dorthin, wo ich jetzt sitze und die Geschichte erzähle.

DIE GABEN
DES SCHLANGENKAISERS

Bosnien

Es war einmal ein junger Bursche, der sich mit seiner Mutter recht kümmerlich durchs Leben schlug. Sein ganzes Vermögen bestand aus einer alten Stute, mit der er Holz aus dem Wald schaffte, das er dann in der Stadt verkaufte. Eines Tages sagte er: »Mutter, heute will ich zu Hause bleiben, damit die alte Stute ausruhen kann.« Der Mutter aber war das nicht recht und sie erwiderte zornig: »Möge doch Gott geben, dass die Stute sich ein Bein bricht.« Daraufhin legte der Bursche dem Pferd den Lastensattel auf und führte es aus dem Hof. Er war aber noch nicht weit gekommen, da stolperte das Tier, brach sich wirklich ein Bein und verendete schließlich. Betrübt ging er heim und sagte zur Mutter: »Du hast die Stute verwünscht und jetzt ist sie tot. Nun müssen wir sehen, wie wir ohne sie leben.«

Am nächsten Tag ging er allein in den Wald, um auf seinem eigenen Rücken Holz herauszuschaffen. Da sah er auf dem Weg zwei kämpfende Schlangen. Eine kleine, weiße Natter versuchte, sich gegen eine große, schwarze Otter zu wehren. Er schlug mit seiner Axt die große Schlange tot und steckte die kleine in seinen Gürtel, damit sie sich erhole. Nach einer Weile hörte er sie sagen: »Dank dir, o Held! Ich bin Schahmarana, die Tochter des Schlangenkaisers, und ich bitte dich, trage mich dorthin, wohin ich dich weisen werde. Wir kommen dann zu meinem Vater und du sollst von ihm als Belohnung den Ring von seiner rechten Hand, den Teppich, auf dem er sitzt, und die Peitsche, die neben ihm liegt, verlangen.«

Bald kamen sie zu einer Höhle. Als ihn die kleine Schlange hineinkriechen hieß, stürzten von allen Seiten zischende Vipern auf ihn los. Die kleine Schlange verwandelte sich jedoch in ein schönes Mädchen mit goldenen Haaren und goldenen Kleidern, und als die Schlangen sie sahen, gaben sie sogleich den Weg frei und verneigten sich vor dem Burschen, was ihm sehr gut gefiel, denn dies hatte bisher noch niemand getan.

In einer Ecke der Höhle saß der Schlangenkaiser, trank schwarzen Kaffee und rauchte aus der Wasserpfeife. Er schaute den Burschen lange an und fragte dann: »Wen hast du da mitgebracht, Tochter?« Schahmarana erwiderte: »Dieser Mensch ist mein Wahlbruder! Er hat mich aus der Gewalt meines Todfeindes befreit und ihn getötet, während alle meinesgleichen, die in der Nähe waren, geflohen sind«. Da sagte der Schlangenkaiser: »Öffne die Kammer und lass ihn dort Dukaten nehmen, so viel er will.« Doch der Bursche meinte: »Lieber Kaiser, ich möchte kein Geld. Gib mir jedoch den Ring von deiner rechten Hand, den Teppich, auf dem du sitzt, und die Peitsche, die neben dir liegt. Entweder das oder nichts.«

»Du begehrst viel«, erwiderte der Schlangenkaiser, »da du mir aber mein Liebstes wiedergebracht hast, so nimm dir, was du als Lohn haben möchtest, damit die Menschen nicht etwa sagen können, sie seien besser und großmütiger als die Schlangen.«

Schahmarana begleitete den Burschen noch ein Stück Wegs zurück und sagte dann: »Du hast jetzt dein Glück in der Hand, den nötigen Verstand dazu kann ich dir aber leider nicht geben. Bei den Menschen sind ja immer nur die Schlechten klug. Besser ist es, man hat es im Kopf als in der Truhe. Und damit Gott befohlen und das Glück sei mit dir!«

Der Bursche ging nun nach Hause und fand seine Mutter vor Hunger ächzend auf dem Boden liegen. Da dachte er bei sich: »Was soll mir der Ring? Ich will ihn verkaufen und Brot dafür herschaffen.« Er lief also fort. Auf dem Weg kam er an einem schönen Haus vorbei, in dem ein reiches Mädchen wohnte, das ihm schon lange gefiel. Aber was nützte ihm das? Heute war Festtag und das Haus war von Burschen umlagert, die alle sehnsüchtig nach den vergitterten Fenstern blickten, ob denn die schöne Aischa nicht doch irgendwo zu sehen wäre. Aber man vernahm nur ihre spottenden Reden. Er konnte es sich nicht versagen, auch ein Weilchen stehen zu bleiben. Da auf einmal wurde eine Fensterluke aufgerissen und – platsch! – hatte der Bursche einen Sturzbach kalten Wassers im Nacken. Zornig sich schüttelnd, schrie er: »Warte, du struppiges Ding, du sollst mich noch bitten, dich zur Frau zu nehmen!« Dann lief er davon und ein großes Gelächter schallte hinter ihm her.

Inzwischen war es schon recht finster geworden und er bemerkte, wie der Ring an seinem Finger die ganze Straße erleuchtete. »Der würde mir viel Kienholz sparen«, dachte er, »schade um ihn! Auf zwei Hasen jagen heißt aber, keinen erwischen.« Da begegnete er einem alten Mann, dem er den Ring anbot.

»Was soll ich mit dem Ring?«, fragte der Alte, »gib ihn doch einem hübschen Mädchen!« Er schenkte dem Burschen etwas Geld, damit er Brot kaufen könne. Als aber der Bursche dem Bäcker die kleine Münze geben wollte, bemerkte er, dass er einen Dukaten in der Hand hatte. Er kaufte also gleich einen ganzen Sack Brot und ließ sich auf den Dukaten herausgeben. Daheim sah er zu seinem grenzenlosen Erstaunen, dass die kleinen Münzen sich abermals in Dukaten verwandelt hatten. Jetzt begriff er den Wert des Ringes, und da er ihn von da an nicht mehr vom Finger nahm, war es ihm leicht, bald reich zu werden. Er kaufte Häuser und Läden und wurde mit einem Schlag der reichste Kaufmann der Stadt.

Die schöne Aischa wollte ihren Augen nicht trauen, als sie den armen Burschen plötzlich kostbar gekleidet einherstolzieren sah. Aber der blickte gar nicht mehr nach ihrem Fenster, wie oft sie sich auch zeigte, sodass sie vor Ärger fast erstickte. Endlich sagte sie zu ihrem Vater, dessen einziges, verzogenes Töchterlein sie war: »Schaff mir den Burschen her, ich muss erfahren, woher sein Reichtum stammt, sonst sterbe ich.« Der erschrockene Vater holte nun den Burschen herbei und dieser glaubte schon, sie werde ihn jetzt bitten, sie zur Frau zu nehmen und blähte sich tüchtig auf. Aber sie sagte ihm nur viele schöne, süße Worte und ehe er selbst wusste, wie es geschah, hatte er das Geheimnis seines Ringes ausgeplappert. Nun wollte sie den Ring einmal in die Hand nehmen, und – schwupp! – war sie mitsamt dem Ring aus dem Zimmer und verschwunden. Er wartete auf ihre Rückkehr und wartete und wartete. Dann fing er an, sich hinter dem Ohr zu kraulen und schlich sich aus dem Haus, während ein übermütiges Lachen hinter ihm herschallte.

Er tröstete sich, dass er auch ohne Ring unermesslich reich sei. Jedoch es hieß auch da: wie gewonnen, so zerronnen. Fast über Nacht schwand sein ganzer Reichtum und eines schönen Tages sah er sich gerade so arm wie damals, als die alte Stute verendet war. Er schämte sich, in derselben Stadt zu bleiben, und so nahm er den kleinen alten Teppich des Schlangenkaisers, das Einzige, was ihm geblieben, da er jedermann zu schlecht war. Dann steckte er die Peitsche zu sich, um sich der Hunde erwehren zu können, und zog mit seiner Mutter weit fort.

So war er also wieder der arme Holzhauer, wie ehedem. Das gefiel ihm aber gar nicht, denn Gesundheit ohne Geld ist die fertige Krankheit. Wohl arbeitete er unverdrossen, da aber auch der beste Ochse nicht immer pflügen kann, setzte er sich eines Tages auf den alten Teppich, um auszuruhen. Die Mücken quälten ihn und er zog die Peitsche hervor und schlug nach ihnen, dass es nur so knallte. Da bemerkte er, wie sich der Teppich hob, als wolle er mit ihm davonfliegen. Diese Entdeckung freute ihn sehr und er machte nun gleich eine Probefahrt. Mit einer Hand hielt er sich am Teppich fest, mit der anderen schwang er knallend die Peitsche und wünschte sich dabei in ein fremdes Land, wie er ein ähnliches nie gesehen hatte. Und da flog er auch schon hinaus in die Welt. Als er dort war, wohin er sich gewünscht hatte, wurde es ihm jedoch recht ungemütlich. Die Blumen und Bäume sahen ganz anders aus als daheim und die Kühe waren so groß, dass er sich vor ihnen beinahe fürchtete. Er blieb daher auf seinem Teppich sitzen und überlegte, dass es am besten wäre, zu der schönen Aischa zu fahren: vielleicht könne er doch wieder zu seinem Ring kommen. Gedacht, getan! Er knallte mit der Peitsche und da war er auch schon in Aischas Zimmer, in dessen Mitte das Mädchen auf einer Matte lag und schlief. Der Bursche überlegte: »Wenn ich das Mädchen habe, so kann der Ring auch nicht weit sein«, und schob ein Stück des Teppichs unter die Schlafende, knallte mit der Peitsche und wünschte sich weit weg in eine einsame Gegend. Der Teppich flog mit den beiden zum Fenster hinaus und mitten hinein in eine Wildnis.

Als das Mädchen aufwachte, machte sie große Augen und konnte es gar nicht begreifen, wie sie hierher auf den Teppich neben den Burschen gekommen war. Sie hatte sich aber schnell gefasst und sagte ihm wieder schöne und süße Worte und so vergaß der Törichte abermals, dass es besser ist, Worte zu bereuen, die man nicht gesagt hat, als solche, die man gesagt hat. Und schon schwatzte er alles aus, was es über den Teppich und die Peitsche zu sagen gab! Dann erst war sie zufrieden und tat, als wäre sie müde und wolle schlafen. Nachdem der Bursche sie eine Weile bewacht hatte, schlief er selbst ein. Kaum bemerkte sie das, zog sie den Teppich behutsam unter ihm hervor, setzte sich selbst recht bequem darauf, knallte mit der Peitsche, wünschte sich in ihres Vaters Haus und weg war sie.

Der Bursche schlief wie ein Sack bis zum Morgen. Als er erwachte, blickte er sich um, aber so viel er auch schaute, von dem Mädchen, dem Teppich und der Peitsche konnte er nicht das Mindeste entdecken. Und er wusste nicht einmal, wo er war. Ringsum dichter Wald und kein Ausweg. Er ärgerte sich sehr lange, dann aber begann ihn der Hunger zu quälen und er vergaß alles und dachte nur noch ans Essen.

In der Nähe war nichts zu finden. Er wagte sich also in den Wald hinein, wo er nach langem Suchen einen Pfad und neben dem Pfad einen Birnbaum fand, an dem sehr schöne Früchte hingen. Er pflückte eine Birne, aber kaum hatte er sie gegessen, verwandelte er sich in einen Esel.

»Das geschieht mir recht«, dachte er. Bedächtig ging er nach Eselsart von einem Baum zum anderen, rieb sich an den Stämmen und aß dann, was herunterfiel. So kam er auch zu einem Schlehdorn und naschte an den Schlehen. Und siehe da, er bekam sofort seine frühere Gestalt wieder. Das gefiel ihm derart, dass er zurücklief, um Birnen zu pflücken, und sich dann noch die Taschen mit Schlehen vollstopfte. Jetzt lichtete sich auch der Wald und es schien ihm, als sähe er in weiter Ferne die Minarette jener Stadt, in der Aischa wohnte. Da hemmte ein breiter, reißender Strom seinen Weg. Er dachte daran, als Esel hinüberzuschwimmen, dann aber hätte er seine kostbaren Früchte nicht mitnehmen können. Wie er so am Ufer ratlos auf und ab lief, flog über ihm ein mächtiger Vogel, so groß und stark, wie er noch keinen gesehen hatte. Er war das erste lebende Wesen, das er in dem Wald bemerkt hatte.

»Hej, du!«, rief er den Vogel an, »du könntest mich über den Fluss tragen, wenn du gerade Zeit hast.« – »Was gibst du mir dafür?«, fragte der Vogel.

»Ich bin ein recht armer Schlucker«, sagte der Bursche, »und kann dir nichts geben. Aber ich will dir das Geheimnis verraten von den Birnen und den Schlehen dieses Waldes.«

Damit war der Vogel zufrieden und trug ihn über den Strom. Hierauf sagte der Bursche, was er wusste, und gab dem Vogel eine Schlehe, die dieser im Schnabel davontrug. Plötzlich hörte der Bursche einen Donnerschlag und sah mit Staunen, wie der Vogel sich in einen schönen, königlichen Jüngling verwandelte und die Wildnis sich in eine herrliche Landschaft mit einem großen Schloss.

Glücklich, dass er einen bösen Zauber gebrochen hatte, wanderte der Bursche nun frohen Mutes der Stadt zu, in der seine Aischa wohnte. Dort angekommen, legte er seine Birnen in einen Obstkorb, nahm diesen auf den Kopf, wie es die Obstverkäufer tun, und rief durch die Straßen laufend: »Birnen für reiche Leute, hejjj! Jedes Stück einen Dukaten! Nur der Reichste kann sie kaufen!« Die Leute lachten ihn aus, er jedoch ging ernsthaft seines Weges, immer aus voller Lunge die Früchte anpreisend. Das hörte auch Aischa, die jetzt genug Dukaten besaß und das den Leuten auch zeigen wollte. Sie sandte also eine Dienerin hinunter, ließ dem Burschen alle Birnen abkaufen und verteilte sie an die Dienerschaft. Und da es recht heiß war, setzten sich alle gleich in den Hofraum nieder und aßen. Auf einmal aber sahen sie staunend einander an: Sie waren alle zu Eseln geworden. Sie sprangen umher, schlugen aus und schrien: »Nji – ha, nji – ha«, dass die ganze Stadt zusammenlief. Die Leute, die nicht wussten, woher auf einmal die vielen Esel kamen, hielten sich die Seiten vor Lachen, je verzweifelter sich die Langohren gebärdeten. Als aber Aischas Vater nach Hause kam und weder seine Tochter noch jemanden von seinem Gesinde finden konnte, dagegen die gleiche Zahl Esel im Hof herumtollen sah, fing er an, das Unheil zu begreifen. Am ungebärdigsten zeigte sich eine junge Eselin, die sich immer an ihn herandrängte und in der er seine Tochter zu erkennen glaubte. So viel er aber auch fragte, eine Antwort war nicht zu bekommen.

Jetzt kam der junge Birnenverkäufer zu dem trostlosen Vater und sagte, er wisse wohl ein Mittel gegen den bösen Zauber, aber es müsse vorerst alles geschehen, was er sage. »Und was wäre das?«, fragte der Alte. »Du musst alles unrechtmäßige Gut, das du im Haus hast, herausgeben.«

»Ich weiß von keinem«, jammerte Aischas Vater. »Also

dann suchen wir in dem Zimmer deiner Tochter und bevor wir nicht den Ring, den Teppich und die Peitsche des Schlangenkaisers finden, die sie mir weggenommen hat, kann ich ihr nicht helfen.«

»Wie willst du ihr denn helfen?«, fragte der Alte bekümmert.

»Sie braucht nur dieses hier zu essen«, sagte der Bursche arglos und zog eine Schlehe aus der Tasche, »und sie wird wieder, wie sie war.«

Kaum hatte er das gesagt, so hatte die schlaue Eselin – schlupp! – nach der Schlehe geschnappt und sie hintergeschluckt. Und da stand auch schon wieder Aischa da und fauchte wie eine wilde Katze. »Gib ihm nichts, mein Vater«, schrie sie, »gib ihm gar nichts!« Doch als sie sich zufällig in einem Wasserbottich erblickte, schrie sie laut auf, denn die Eselsohren waren ihr geblieben. Der Bursche hatte die Schlehe festgehalten und ein Stückchen davon war zwischen seinen Fingern zurückgeblieben, just das Stückchen, das noch für die Verwandlung der Ohren nötig gewesen wäre.

Es blieb Aischa nun nichts übrig, als sich aufs Bitten zu verlegen. Aber so viele schöne und süße Worte sie dem Burschen auch sagte, der hörte nichts vor lauter Lachen, wenn er sah, wie sie mit den Ohren wackelte. Da musste sie sich also schweren Herzens entschließen, sein Verlangen zu erfüllen. Als er den Ring, den Teppich und die Peitsche wiederhatte, gab er jedem der übrigen Esel eine Schlehe und sie verwandelten sich gleich wieder in Menschen. Hierauf wandte er sich zum Gehen, aber Aischa hielt ihn fest und bat ihn, um Allahs willen, sie doch von den Eselsohren zu erlösen. Er suchte nun lange in seinen Taschen und brachte endlich noch eine Schlehe hervor, die er ihr gab. Die aß sie, aber o weh! Es fiel nur ein Eselsohr ab, das andere wackelte so lustig wie zuvor. Der Bursche sagte ihr nun, er könne ihr nicht mehr helfen, sie hätte ihm eben die erste Schlehe nicht aus der Hand schnappen sollen. Und so ging er fort. Jetzt aber lief sie ihm nach und weinte und flehte, er möge sie nicht verlassen, was solle sie denn anfangen? Habe er sie schon zum Gespött der Leute gemacht, so möge er sie auch heiraten. Und so lief sie immerfort hinter ihm her und bat ihn, er möchte sie heiraten.

»Gut«, sagte er endlich und blieb stehen, »so will ich mich denn deinem Willen beugen und wir wollen gleich Hochzeit machen.«

Und so geschah es auch. Erst nach der Hochzeit gab er ihr die letzte Schlehe zu essen, die er in der Tasche verborgen hatte, und das zweite Eselsohr fiel auch ab. Die Geschenke des Schlangenkaisers, den Ring, den Teppich und die Peitsche gab er aber nicht mehr aus der Hand. Und so wurde sie eine sanftmütige, umgängliche Frau, da sie nie wusste, was sie von ihm zu erwarten hatte. Da aber auch er nicht wusste, was sie anstellen würde, wurde er viel besonnener und verständiger als zuvor, und so lebten sie denn recht einträchtig und glücklich miteinander.

DER KÖNIGSSOHN UND SEIN DIENER

Russland

Es war einmal ein König, der hatte einen halbwüchsigen Sohn. Der Königssohn war schön und liebenswürdig, sein Vater aber das genaue Gegenteil. Er war habsüchtig und dachte immer daran, wie er noch mehr Gewinn machen und noch höhere Steuern einnehmen könnte. Eines Tages traf er einen alten Bauern, der auf dem Weg zum Markt war und beladen mit Fellen von Zobel, Marder, Biber und Fuchs. Der König hielt ihn an und fragte: »Halt, Alter, wo kommst du her?«

»Aus dem Dorf, Väterchen. Ich diene dem Waldbauern.«

»Wie fangt ihr denn die vielen Tiere?«

»Der Waldbauer stellt Fallen auf – und die Tiere sind dumm und gehen hinein.«

»Höre, Alter, ich gebe dir Wein und Geld, zeige mir, wo ihr die Fallen aufstellt!«

Der Alte ließ sich überreden, ging mit dem König in den Wald und zeigte ihm alles. Sogleich befahl der König, den Waldbauern einzufangen und ihn in einen eisernen Turm einzusperren. In den Wäldern des Waldbauern aber stellte der König jetzt selbst die Fallen auf.

So saß der Waldbauer nun in seinem eisernen Turm, der im königlichen Garten stand, und sah zum Fenster hinaus. Eines Tages ging der Königssohn mit Ammen und

Wärterinnen und vielen treuen Dienerinnen im Garten spazieren. Als er am Turm vorbeikam, rief ihn der Waldbauer an: »Königskind, willst du mich nicht befreien? Ich werde dir später einmal von Nutzen sein.«

»Wie kann ich dich denn befreien?«

»Geh zu deiner Mutter und sage: ›Liebstes Mütterchen, suche mir Läuse von meinem Kopf!‹ Dann lege deinen Kopf auf ihre Knie und sie wird dich absuchen. Warte ein Weilchen und wenn die Gelegenheit günstig ist, zieh ihr den Schlüssel zu meinem Turm aus der Tasche und lass mich heraus.«

Der Königssohn machte es so, wie der Waldbauer gesagt hatte und zog seiner Mutter den Schlüssel aus der Tasche. Dann lief er in den Garten, nahm einen Pfeil, legte ihn auf die Armbrust, schoss ihn weit, weit fort und befahl den Ammen und Wärterinnen, den Pfeil zu suchen. Während nun alle dem Pfeil nachliefen, sperrte er den eisernen Turm auf und befreite den Waldbauern. Der Waldbauer aber floh sogleich in seinen Wald und zerstörte dort des Königs Fallen.

Als nun der König keine Tiere mehr fing, wurde er zornig und fiel über seine Frau her, warum sie den Schlüssel hergegeben und den Waldbauern freigelassen habe. Er rief alle Bojaren, Generale und Ratsleute zusammen, damit sie über die Königin das Urteil fällen, ob man ihr den Kopf abschlagen oder sie in die Verbannung schicken solle.

Den Königssohn schmerzte das sehr, seine Mutter tat ihm leid. Er ging zu seinem Vater, gestand ihm seine Schuld und sagte: »So und so war es!« Da war der König sehr betrübt. Was sollte er mit seinem Sohn machen? Ihn töten zu lassen war unmöglich! Er beschloss daher, ihn in die weite Welt zu schicken und ihn der glühenden Mittagshitze, den Unwettern des Winters und den Stürmen des Herbstes auszusetzen. Nur einen Ranzen mit etwas Essen und einen Diener gab er ihm mit.

So zog der Königssohn mit seinem Diener in die weite Welt. Ob der Weg kurz war oder lang –, endlich kamen sie zu einem Brunnen. Da sagte der Königssohn zu dem Diener: »Geh und hol mir Wasser.«

»Ich gehe nicht«, antwortete der Diener.

Da liefen sie weiter und kamen wieder an einen Brunnen. »Geh und hol Wasser, ich habe Durst«, bat der Königssohn zum zweiten Mal.

»Ich gehe nicht.«

Wieder zogen sie weiter und erreichten einen dritten Brunnen. Der Diener wollte auch hier kein Wasser holen, da musste der Königssohn es selbst tun. Als er aber in den Brunnen hinabgestiegen war, machte der Diener den Brunnendeckel zu und sagte: »Sei du ab jetzt mein Diener und ich der Königssohn, oder ich lasse dich nicht mehr heraus!«

Der Königssohn, der sich nicht helfen konnte, musste darauf eingehen und verschrieb sich dem Diener mit seinem Blut. Dann tauschten sie die Kleider und ritten weiter. Nach einiger Zeit kamen sie in ein anderes Land und begaben sich an den Hof des Zaren. Der Diener ging voran und der Königssohn lief hinterher. Der Diener gab sich als Königssohn aus und der Zar lud ihn ein, sein Gast zu sein. So aß und trank er nun am Tisch des Zaren. Eines Tages sagte der verkleidete Diener: »Großmächtiger Zar, schickt meinen Diener doch in die Küche, damit er arbeitet für sein Brot.«

Der Königssohn wurde also in die Küche aufgenommen und man ließ ihn Holz tragen und Geschirr abwaschen. Nach kurzer Zeit aber konnte der Königssohn das Essen besser zubereiten als die Köche. Das bemerkte der Zar und er gewann den Küchenjungen lieb und beschenkte ihn mit Gold. Da wurden die Köche neidisch und suchten eine Gelegenheit, um sich des Königssohnes zu entledigen.

Eines Tages bereitete der Küchenjunge einen Kuchen für den Zaren und stellte ihn in den Ofen. Die Köche aber hatten sich Gift verschafft und streuten es heimlich auf den Kuchen. Als nun der Zar bei Tisch saß, wurde auch der Kuchen aufgetragen. Der Zar wollte gerade davon essen, da kam der Oberkoch gelaufen und rief: »Eure Herrlichkeit! Esst nichts davon!« Dann erzählte er alle erdenklichen Lügen über den Königssohn und dass er Gift in den Kuchen getan habe.

Da rief der König seinen Lieblingshund heran und gab ihm einen Bissen von dem Kuchen zu fressen. Der Hund fraß und verendete sogleich. Auf der Stelle ließ der Zar den Königssohn vorführen und schrie mit furchterregender Stimme: »Wie konntest du es wagen, einen vergifteten Kuchen zu backen? Sofort sollst du auf die grausamste Weise getötet werden.«

»Ich weiß nichts von Gift, Eure Hoheit«, antwortete der Königssohn, »wahrscheinlich sind die Köche neidisch darauf, dass ihr so gnädig zu mir seid, und brachten mich darum absichtlich in diese Lage.«

Der Zar ließ Gnade walten, schickte ihn aber zu den Pferdehirten hinaus auf die Weide. Bald darauf führte der Königssohn einmal die Pferde zur Tränke, da begegnete er dem Waldbauern: »Guten Tag, Königssohn, komm mit mir und sei mein Gast.«

»Ich fürchte, die Pferde laufen mir auseinander.«

»Ach was, komm nur mit.«

Die Hütte des Waldbauern war ganz in der Nähe und dort führte er den Königssohn hin. Der Waldbauer aber hatte drei Töchter und er fragte die Älteste: »Was gibst du dem Königssohn dafür, dass er mich aus dem eisernen Turm befreit hat?«

»Ich gebe ihm das Tüchlein-deck-dich«, antwortete die Tochter.

Mit diesem Geschenk ging der Königssohn zurück zu seinen Pferden, die waren noch alle beisammen wie zuvor. Er wendete das Tüchlein um, verlangte von ihm alles, was ihm besonders gut schmeckte und sofort waren die besten Speisen und Getränke in großer Menge zur Stelle.

Am nächsten Tag trieb der Königssohn die Pferde wieder zur Tränke und erneut stellte sich auch der Waldbauer ein. »Komm mit in meine Hütte«, sagte er. Er ging mit dem Königssohn in die Stube und fragte seine zweite Tochter: »Was schenkst du dem Königssohn?«

»Diesen Spiegel, darin kann er alles sehen, was er will«, sagte sie.

Auch am dritten Tag begegnete der Königssohn dem Waldbauern. Er führte ihn wieder in seine Hütte und fragte die jüngste Tochter: »Was gibst du dem Königssohn?«

»Ich gebe ihm ein Pfeifchen, kaum setzt er es an die Lippen, so erscheinen Musikanten und Sänger«, entgegnete die Jüngste.

Welch ein frohes Leben führte der Königssohn jetzt! Er hatte Essen und Trinken in Hülle und Fülle, sah und wusste alles, was vorging, und machte den ganzen Tag Musik. Was kann man mehr wollen? Und die Pferde, die

Pferde! Welch ein Wunder – so prall und stattlich und flink waren sie!

Eines Tages erzählte der Zar seiner Tochter, was Gott ihm doch für einen prächtigen Pferdehirten geschickt hatte. Die schöne Zarewna aber hatte den Pferdehirten schon vor langer Zeit bemerkt, wie hätte auch ein schönes Mädchen den hübschen Burschen übersehen können? Nun wollte die Zarentochter gerne wissen, warum die Pferde bei diesem Hirten flinker und stattlicher waren als bei den anderen. »Ich will einmal in sein Stübchen gehen«, sprach sie bei sich, »und sehen, wie der arme Kerl wohnt.«

Sie passte die Zeit ab, da der Königssohn mit den Pferden zur Tränke ging, und schlüpfte in sein Zimmerchen. Kaum hatte sie dort in den Spiegel gesehen, wusste sie schon alles, nahm Tüchlein-deck-dich, Pfeifchen und Spiegel mit sich und trug sie in ihre Kammer.

Zu dieser Zeit traf den Zaren ein großes Unglück. Ein siebenköpfiger Drache fiel in sein Land ein und verlangte seine Tochter zur Frau. »Wenn du sie mir nicht gutwillig gibst, hole ich sie mir mit Gewalt«, sagte er und stellte ein ungeheuer großes Heer auf. Da ging es dem Zaren schlecht! Er rief alle Fürsten und Ritter seines Landes zusammen und versprach demjenigen, der das siebenköpfige Ungeheuer töten würde, sein halbes Reich und seine Tochter als Frau. Da zogen alle Fürsten und Ritter in den Kampf gegen den Drachen, der Diener des Königssohnes war auch darunter. Unser Pferdeknecht aber setzte sich auf ein altersschwaches Schimmelchen und zockelte hinterdrein.

Wie er so dahinritt, kam ihm der Waldbauer entgegen und fragte: »Wohin, Königssohn?«

»In den Krieg.«

»Auf diesem Klepper wirst du nicht weit kommen – das will ein Pferdeknecht sein! Komm mit mir nach Hause und sei mein Gast.«

Er führte den Königssohn in seine Hütte und goss ihm ein Glas Wodka ein. Der Königssohn trank das Glas in einem Zug leer.

»Fühlst du dich kräftig?«, fragte der Waldbauer.

»Wenn eine Keule dastünde, fünfzig Pud schwer, ich würde sie in die Höhe werfen und meinen Kopf darunter halten, ohne ihren Schlag zu spüren.«

Da bekam er noch ein Glas Wodka zu trinken. »Wie stark fühlst du dich jetzt?«

»Wenn ich eine Keule hätte, hundert Pud schwer, ich würde sie hoch über die Wolken schleudern.«

Der Waldbauer goss ihm ein drittes Glas Wodka ein: »Und wie stark fühlst du dich jetzt?«

»Wenn eine Säule hier wäre, die vom Himmel bis zur Erde reichte, würde ich das ganze Weltall auf den Kopf stellen.«

Da zapfte der Waldbauer ein Glas Wodka aus einem anderen Fässchen, ließ den Königssohn wieder trinken, und seine Kraft vermehrte sich noch um das Siebenfache.

Dann führte der Waldbauer den Königssohn vor das Haus und stieß einen lauten Pfiff aus. Plötzlich kam ein prachtvoller, schwarzer Rappe angesprengt, dass die Erde unter seinen Tritten erzitterte. Aus seinen Nüstern brachen Flammen, aus seinen Ohren Rauchsäulen und unter seinen Hufen stoben Funken hervor. Er hielt vor der Hütte an und fiel auf die Knie. »Da hast du dein Pferd«, sagte der Waldbauer und gab dem Königssohn noch eine seidene Peitsche und eine Kriegskeule dazu.

Der Königssohn stieg auf und ritt auf seinem schwarzen Ross gegen den Feind. Unterwegs traf er seinen Diener, der auf eine Birke geklettert war und vor Angst zitterte. Der Königssohn zog ihm ein paar mit seiner Peitsche über und jagte dann weiter gegen das feindliche Heer. Viel Volk erschlug er mit seinem Schwert, noch mehr trat sein Pferd nieder und als er auf den Drachen traf, hieb er ihm sämtliche sieben Köpfe ab.

Die Zarewna hatte alles mitangesehen, denn sie schaute fortwährend in den Spiegel, um zu erfahren, wie der Kampf stünde. Sogleich ritt sie dem Königssohn entgegen und fragte ihn: »Womit kann ich dir danken?«

»Mit einem Kuss, schönes Mädchen.«

Die Zarewna zierte sich nicht lange, drückte ihn an ihr stürmisches Herz und küsste ihn so laut, dass das ganze Heer es hörte. Der Königssohn aber gab seinem Pferd die Peitsche – und weg war er! Er kehrte in sein Zimmerchen zurück und saß da, als wäre er nie fort gewesen.

Währenddessen prahlte sein Diener überall, er hätte die Schlacht entschieden und erzählte: »Ich habe den Drachen getötet.« Der Zar kam ihm mit allen Ehren entgegen, verlobte ihn mit seiner Tochter und veranstaltete ein großes Fest. Die Zarewna aber ließ sich entschuldigen, sie sei krank und habe heftige Kopfschmerzen. Was konnte der künftige Schwiegersohn da machen? »Väterchen«, sagte er zu dem Zaren, »gib mir ein Schiff, ich werde Arznei für meine Braut holen. Und gib mir auch den Pferdeknecht mit, ich habe mich so sehr an ihn gewöhnt.«

Der Zar willigte ein, gab ihm ein Schiff und als Begleitung den Pferdeknecht. So legten sie ab, weit, weit segelte das Schiff aufs Meer hinaus – da ließ der Diener einen Sack nähen, den Pferdeknecht hineinstecken und ins Wasser werfen.

Die Zarewna aber hatte das Unheil im Spiegel mitangesehen! Rasch bestieg sie ihre Kutsche und fuhr, so schnell es ging, ans Meer. Am Ufer saß schon der Waldbauer und flocht ein großes Netz. »Bäuerlein, hilf mir in meiner Not, der böse Diener ertränkt den Königssohn«, rief die Zarentochter.

»Schönes Mädchen, sieh, das Netz ist gerade fertig!«, antwortete der Waldbauer. »Nimm es mit deinen weißen Händen.«

Da nahm die Zarewna das Netz, warf es ins tiefe Meer hinab und fischte den Königssohn heraus. Dann nahm sie ihn mit nach Hause und erzählte alles ihrem Vater. Sogleich wurde eine fröhliche Hochzeit gefeiert und ein großer Schmaus abgehalten. Beim Zaren muss nicht erst Met gebraut und Wodka gebrannt werden – da ist von allem genügend vorrätig.

Inzwischen hatte der Diener allerhand Arzneien gekauft und kehrte damit zurück. Als er den Palast betrat, ergriff man ihn. Er flehte um Erbarmen, aber es war zu spät, er wurde sofort vor den Toren des Schlosses erschossen.

Bei der Hochzeitsfeier des Königssohnes ging es lustig zu – alle Wirtshäuser und Schenken standen eine Woche lang für das Volk offen und niemand brauchte zu bezahlen.

Ich war auch dort, trank Honig und Wein,
der floss mir über den Schnurrbart,
aber in den Mund kam nichts hinein.

DER PUMA, DER ZAUBERN KONNTE

Kuha

Ein armer Mann und eine arme Frau, die in einem Hüttchen im Wald wohnten und als Tagelöhner ihr Brot verdienten, bekamen einen Sohn. Zur selben Stunde brachte in der Nähe ein Pumaweibchen ein Junges zur Welt.

Ihr werdet fragen: Was hat das miteinander zu tun? Jeden Tag werden irgendwo Menschen geboren, und Tiere werfen, oft ganz nah beieinander.

Wartet: Ich will es euch erzählen! Als der Sohn der Tagelöhner noch ganz klein war, damals, als er nur ein Hemd angehabt hat, ist er einmal im Wald herumgelaufen und dem jungen Puma begegnet. Sie fingen an, miteinander zu spielen, und von da an haben sie sich regelmäßig im Wald getroffen und sind echte Freunde geworden.

Nun, die Jahre sind vergangen, aus dem kleinen Burschen ist ein Mann geworden und aus dem jungen Puma ein ausgewachsener großer. Der Mann hat geheiratet, der Puma ist ledig geblieben und hat stattdessen gezaubert. Bei wem er das Zaubern gelernt hat? Fragt mich nicht! Ich weiß es auch nicht.

Gut, der Mann hat also geheiratet und nach einem Jahr hat seine Frau ein Mädchen geboren, ein hübsches kleines Ding. Der Mann hat die Kleine in den Wald getragen und seinem Freund gezeigt. »Schau, das ist meine Tochter Angelica!«

»Allerliebst!«, hat der Puma gesagt. »Mach dir keine Sorgen um die Zukunft der Kleinen! Die Sache werde ich in die Hand nehmen.«

Angelica ist herangewachsen und eine junge Frau geworden, so schön und sanft wie der Mond.

Nun hat es in jener Gegend einen reichen Gutsbesitzer gegeben, dem gehörte das halbe Land. Der war sehr stolz und eingebildet und alle Leute haben zu ihm »Exzellenz« sagen müssen, obwohl er gar nicht so exzellent gewesen ist.

Dieser Kerl – der Teufel soll ihn holen! – hat einen Sohn gehabt und eine Tochter. Der Bursche war brav und edel, das Mädchen – na ja – verzogen, wie vornehme Fräulein sind, und eingebildet wie der Vater. Der Sohn aber, wie gesagt, so möchte man sich einen Schwiegersohn wünschen!

Eines Tages, was macht der Bursche? Er geht durch den Wald und kommt zu dem Hüttchen. Und wie er gesehen hat: da wohnen arme Leute, hat er seine Geldbörse herausgenommen und hat die Hälfte davon aufs Fensterbrett gelegt. Dann ist er still davongeschlichen.

Niemand hat ihn gesehen. – Was heißt niemand? Zwei Augen haben ihn gesehen, denn der Puma hat sich gerade dort herumgetrieben.

»Brav, brav!«, sagte der Puma. Es hat ihm gefallen, dass der Junge nicht so war wie der Alte.

Nun, es ist nicht bei diesem einen Besuch des Burschen geblieben, und wie es so kommt, er ist dabei einmal der Angelica begegnet. Wundert ihr euch, dass sie sich ineinander verliebt haben? Ich nicht.

Gut, das Mädchen hat seine Liebe den Eltern gestanden. Der Vater hat sich hinter den Ohren gekratzt und gemeint: »Der Fall liegt schwierig! Mit Seiner Exzellenz ist nicht zu reden. Ich will einmal meinen Freund fragen.«

Und am anderen Tag ist er dorthin gegangen, wo er sich immer mit dem Puma getroffen hat. »Du brauchst mir gar nichts zu erzählen!«, hat der Puma gesagt, »ich habe ja schließlich selber zwei Augen im Kopf. Geh nur und schick mir den Sohn des Gutsbesitzers her!«

Der Bursche ist gekommen und der Puma hat zu ihm gesagt: »Frag deinen Vater, ob du deine Geliebte heiraten darfst! Dann wird er Nein sagen. Du aber frag: Warum nicht? Dann muss er dir sagen warum. Und dann frage ihn: Und wenn diese Gründe alle wegfallen würden? So mach es und dann komm zurück und sag mir alles!«

Der Bursche ist also zu seinem Vater gegangen und hat gesagt: »Vater!«

»Ja?«

»Ich möchte gern heiraten.«

»So, wen denn?«

»Die Angelica.«

»Du bist verrückt! Erstens hat Angelica eine zu dunkle Haut, zweitens ist deine Angelica arm – ja, wenn sie wenigstens so viele Rinder hätte wie ich! Und drittens ist sie nicht von Adel.«

Da hat der Bursche gesagt: »Und wenn alles so wäre, wie du es wünschst, dürfte ich sie dann zur Frau nehmen?«

Da hat der Herr laut gelacht und erwidert: »Aber klar, mein Wort als Edelmann! Wenn sie hellhäutig, vermögend und von Adel ist, will ich selber für dich bei ihrem – haha –, bei ihrem Herrn Papa um ihre Hand anhalten.«

»Gut! Ich danke dir, Vater.«

Nun ist also der Bursche wieder in den Wald gegangen zum Puma und hat gesagt: »Also, mein Vater hat die folgenden Bedingungen gestellt, dass erstens Angelica eine hellere Hautfarbe haben muss, dass sie zweitens reich sein muss – oder aber so viele Rinder besitzen wie er selbst – und dass sie außerdem und drittens von Adel sein müsse. Aber das ist ja alles unmöglich.«

»Was heißt unmöglich?«, rief da der Puma. »Wirf die Flinte nicht gleich ins Korn und lass mich machen! Seine Exzellenz wird sich wundern.«

Der Puma, was hat er gemacht? Er ist ins Gebirge gelaufen und hat einen Mondstein gesucht. Nur Zauberer wissen, wo so ein Mondstein zu finden ist und da der Puma zaubern konnte, hat er auch einen gefunden. Dann ist er zum Hüttchen gelaufen und hat zu Angelica gesagt: »Los, zieh dich aus!«

»Warum?«

»Warum? Weil ich dich mit dem Mondstein abreiben muss, damit deine Haut weißer wird.«

»Aber ich schäme mich, mich nackt auszuziehen.«

»Mein Gott! Du wirst dich doch nicht vor einem Puma schämen? Gut, gut! Ich werde auch ein Auge zumachen und mit dem andern nur zwinkern!«

Nun, nach einigem Hin und Her zog Angelica sich aus und der Puma hat sie mit dem Mondstein wie mit einem Stück Seife abgerieben. Dann hat er sie mit einem Schwamm abgewaschen, und: Das Mädchen war auf einmal weiß wie Milch! Ihre eigenen Eltern haben sie fast nicht mehr erkannt.

»So!«, hat der Puma gesagt. »Das war das Leichteste! Jetzt kommt etwas Schwierigeres.«

Was macht er? Er geht in seine Höhle und holt den Knochen von einem Büffel, aus dem macht er eine Flöte. Wie die Flöte fertig ist, fängt er an, darauf zu blasen und zu singen:

»Eh, eh, eh!
Ich, der Puma, bin ein Büffel,
Uh, uh, uh,
Wo ist die Büffelkuh?«

Drei Tage und drei Nächte hat er geblasen, gesungen und getanzt. Auf einmal wird es ganz still: Und da steht da statt des Pumas ein riesiger Büffel. Der Büffel ist zum Hüttchen der Tagelöhner gegangen und hat zu dem Mann gesagt: »Alter Freund, pass auf! Ich bin der Puma als Büffel. Führe mich zum nächsten Kampf der Stiere!«

In jener Gegend ist es nämlich üblich gewesen, Stiere gegeneinander kämpfen zu lassen und die Herde des unterlegenen Stieres hat dann immer dem Besitzer des Siegers gehört.

Der Vater von Angelica ist also zu dem Gutsbesitzer hingegangen und hat gesagt: »Exzellenz, wollen wir nicht unsere Stiere kämpfen lassen?« Da hat der Herr gelacht und gesagt: »Meinetwegen, wenn du deine Herde unbedingt loswerden willst. Aber komm mir hernach nicht und jammere! Du kennst die Bedingungen. Ich will dir deine paar Kühe nicht wegnehmen, aber wie du willst.«

Gut! Aber als der Gutsbesitzer den Büffelstier des armen Mannes gesehen hat, ist ihm doch warm geworden und er hat gesagt: »Ei verdammt, wie kommt der arme Schlucker zu einem so prachtvollen Viehstück!«

Es gab nur einen sehr kurzen Kampf. Der Stier des Reichen hat einen riesigen Schrecken vor seinem Gegner bekommen und ist davongerannt, als wäre der Teufel hinter ihm her. Seine Exzellenz hat sich fürchterlich geärgert, aber er war ein guter Verlierer. Er überließ dem armen

Mann seine ganze Herde, nachdem er den eigenen Stier selber erschossen hatte.

Am Abend hat man den Stier am Spieß gebraten und gemeinsam verzehrt. Beim Mahl ist auch Angelica anwesend gewesen.

»Ei, ei, wer ist denn diese hübsche Kleine dort?«, hat der Gutsbesitzer seinen Sohn gefragt.

»Das ist Angelica.«

»Nicht doch! Die da drüben mit der weißen Haut.«

»Ja, das ist sie!«

»Nicht zu glauben! Schade, schade, dass sie nicht von Adel ist! Sie hätte so gut in meine Familie gepasst!«

Indessen ist der Büffelstier davongelaufen und hin zu seiner Höhle. Dort hat er sich so lange geschüttelt, bis sein Fell heruntergefallen ist, und da war er wieder der Puma.

Dann hat der Puma in seiner Kiste gesucht und den Knochen eines Kondors herausgezogen. Aus dem Knochen machte er eine Flöte, und als die Flöte fertig war, hat er darauf geblasen und gesungen:

»Eh, eh, eh,
Ich, der Puma, bin ein Vogel,
Uh, uh, uh,
Ich fliege immerzu!«

Drei Tage und drei Nächte hat er so geblasen, gesungen und getanzt, und auf einmal: Da sitzt da ein großer schwarzer Kondor! Der große schwarze Vogel hat seine Schwingen ausgebreitet und ist davongeflogen, weit, weit über hohe Berge, bis er in ein anderes Königreich kam.

In diesem anderen Land gab es einen König, der hat so unter Kopfschmerzen gelitten, dass er seit Jahren kaum mehr schlafen konnte. Er ließ alle Ärzte seines Landes rufen, aber keiner hat ihm helfen können.

Da – eines Nachts –, was geschieht? Wie der König in seinem Bett sitzt und den schmerzenden Kopf in die Hand stützt, da flattert etwas: Ein großer schwarzer Kondor kommt geflogen und setzt sich auf die Kante des Bettes.

Der schwarze Vogel sagt: »Geht es dir schlecht, König?«

»Ach, ach, ach«, jammert der König, »ich halte es nicht mehr lange aus und springe zum Fenster hinaus.«

»Nein, du brauchst nicht zu springen! Ich habe da eine Medizin, die wird dich heilen. Aber, was gibst du mir dafür?«

»Das halbe Reich sollst du haben, wenn deine Medizin etwas taugt.«

»Nein, das halbe Reich will ich nicht, doch ich will, dass du mich zum Grafen ernennst und meine Adoptivtochter Angelica zur Komtesse!«

»Aber ja, meinetwegen könnt ihr Herzog und Herzogin werden.«

Da hat der Puma ihm ein Fläschchen gegeben, in dem ein Trank war, und kaum hat der König davon genippt, war sein Kopfweh weg. Der König hat sich sehr gewundert und ganz erlöst gefühlt.

Am nächsten Tag ließ der König seinen Kanzler rufen und befahl: »Schreibe sogleich eine Urkunde! Darauf soll stehen: Der König ernennt hiermit den Inhaber zum Grafen von Kondor und Angelica zur Komtesse. Ich, der König.«

Man hat es so gemacht, unterschrieben und gesiegelt.

Dann hat der schwarze Vogel die Urkunde genommen und ist zu seiner Höhle heimgeflogen. Dort hat er sich geschüttelt, bis das ganze Federkleid von ihm abgefallen ist.

Was hat der Puma dann gemacht? Zuunterst in seiner Kiste lag ein Menschenknochen, ein Schenkelknochen. Aus dem hat der Puma eine Flöte geschnitzt und dann darauf geblasen und gesungen:

»Eh, eh, eh,
Ich, der Puma, bin ein Mann!
Uh, uh, uh,
Vom Kopf bis auf die Schuh.«

Drei Tage und drei Nächte hat er so geblasen, gesungen und getanzt, und auf einmal: Da steht da ein eleganter Herr! Donnerwetter, so einen sieht man nicht alle Tage!

Der feine Herr ist zum Hüttchen gegangen und hat gesagt: »Angelica, komm heraus!« Sie erkannte ihn zwar an der Stimme, aber – so ein vornehmer Herr – da ist sie doch unsicher geworden: »Bist du der Puma?«

»Was für eine Frage! Aber jetzt bin ich Graf Kondor und du bist Komtesse.«

Angelica hat ihr bestes Kleid angezogen, der Graf ließ eine Kutsche kommen und sie sind zum Gutsbesitzer gefahren. Wie der gehört hat, dass ein Graf Kondor ihn zu sprechen wünsche, ist er herausgelaufen, hat sich tief verbeugt und ihn in sein Haus geführt.

»Lieber Vetter«, hat der Graf herablassend gesagt, »meine Nichte und Adoptivtochter Angelica kennst du ja schon. Aber da habe ich nun gehört, du willst deinen Sohn nicht meine Angelica heiraten lassen. Das gefällt mir ganz und gar nicht, mein Bester. Ich fühle mich – ich muss schon sagen – sehr beleidigt!«

»Aber, Euer Gnaden«, entgegnete der Gutsbesitzer, »das ist ein Missverständnis! Das ist ein volles Missverständnis, nur wage ich es kaum, hochedler Vetter, Euch um die Hand der hochgeschätzten Komtesse zu bitten.«

»Bitte und ich werde es mir überlegen, da dein Sohn ja ein sehr verständiger junger Mann sein soll.«

Kurz und gut, nach einigem Verhandeln hat der Graf sich herabgelassen, seine Zustimmung zur Hochzeit zu geben und Seine Exzellenz ist ganz klein geworden und hat allen Stolz abgelegt. Dann ist der Graf zu seiner Höhle zurückgegangen und hat sich geschüttelt, bis die Menschenhaut abgefallen ist.

»Hol's der Teufel!«, hat der Puma gesagt, »es ist gar nicht so leicht, ein Mensch zu sein.«

Bald darauf hat es eine fröhliche Hochzeit gegeben, die sieben Tage gedauert hat.

Was dann noch gewesen ist? Ich weiß es nicht.

ELLENLANG, MEILENBREIT UND FEUERAUGE

Tschechien

Zu der Zeit, da das Wasser noch bergauf floss und im Winter die Rosen blühten, lebte ein König, der hatte einen einzigen Sohn und den liebte er sehr. Eines Tages rief der König seinen Sohn zu sich und sprach zu ihm: »Mein liebes Kind. Mein Haar ist grau geworden und meine Augen müde, ich bin ein alter Mann. Bald wird die Sonne mich nicht mehr erwärmen. Doch bevor ich sterbe, möchte ich eine liebe Frau an deiner Seite sehen. So eile dich, mein Sohn, und heirate.«

»Ach, lieber Vater«, erwiderte der Königssohn, »wie gerne würde ich deinen Wunsch erfüllen, fände ich nur die rechte Braut.«

Als der alte König diese Worte vernahm, zog er einen goldenen Schlüssel aus seiner Tasche, den gab er seinem Sohn und sagte: »Geh in den Ostturm. Steige hinauf bis unter das Dach und dort sieh dich um. Und dann komm zu mir und sage mir, was dir am besten gefallen hat.«

Der Königssohn nahm den Schlüssel und ging in den Turm, nie zuvor war er dort gewesen. Er stieg die steinerne Treppe hinauf, rund und rund und rundherum, bis ihm ganz schwindlig war. Manchmal kam er an halb geöffneten Türen vorbei und erblickte dahinter helle Zimmer, doch er ließ sich nicht aufhalten und stieg weiter, bis er endlich auf den Dachboden kam. Es war ein großer Raum, mit kahlen, schrägen Wänden und einer eisernen Tür. Die schloss der Jüngling mit dem goldenen Schlüssel auf.

Er trat in ein Gemach, die Decke blau bemalt mit silbernen Sternen, Sonne und Mond, über den Boden aber war ein tiefgrüner Teppich gelegt, der war aus Samt und Seide gewoben. Durch zwölf Fenster schien der Sonne Licht und auf jedes der Fenster war die Gestalt eines Mädchens gemalt. Der Jüngling ging von Bild zu Bild und wunderte sich – so schön waren die Mädchen. Sie hoben ihre Augen, folgten ihm mit ihren Blicken und lächelten ihm zu, doch sprachen sie kein Wort.

Schließlich kam er vor das zwölfte Fenster, das war mit einem weißseidenen Vorhang verhangen. Er hob den Vorhang und sah das Bild eines Mädchens, so schön wie der volle Mond und so bleich wie eine Winterrose. Sie blickte ihn an und lächelte nicht und ihre Augen waren dunkel. Da stand der Jüngling, sah sie an und konnte nicht von ihr lassen, denn die Liebe hatte sein Herz berührt.

Endlich rief er: »Dies Bild ist bezaubernd schön. Nie hab ich solch ein liebliches Mädchen gesehen! Diese hier soll meine Braut sein, diese oder keine!«

Da blickte das Mädchen ihn inständig an – und verschwand und all die anderen Mädchen verblassten. Der Königssohn verließ das Turmgemach, lief die Treppe hinunter, rund und rundherum, und zu seinem Vater. Zwölf Mädchen habe er gesehen, berichtete er ihm, die zwölfte aber, hinter einem Vorhang verborgen, habe sein Herz gewonnen, denn sie sei schöner als die Sonne, der volle Mond und alle Sterne.

Der alte Mann aber vernahm seine Worte voller Sorge und sagte: »Du hast töricht gehandelt, mein Sohn. Was verborgen ist, sollte man nicht aufdecken. Nun wird dein

Weg voller Gefahren sein, denn das Mädchen, das du dir wähltest, befindet sich in der Hand eines Hexers, in seiner Burg aus Stein und Eisen hält er sie gefangen. Schon viele junge Männer wollten sie befreien, keiner kehrte je wieder. Doch was getan ist, ist getan. Du hast dein Wort gegeben und zu deinem Wort musst du stehen. So gehe denn und wage dein Schicksal. Und nimm meinen Segen mit auf deinen Weg.«

Der Königssohn umarmte seinen Vater, stieg auf sein Ross und zog aus, das Mädchen mit den dunklen Augen zu suchen. Nach einiger Zeit kam er in einen Wald, den hatte er nie zuvor gesehen, und er verirrte sich. So dicht standen die Bäume, dass er die Sonne nicht länger sah, und er wusste nicht, ritt er gen Norden, gen Süden oder ritt er im Kreis herum? Der Wald aber nahm kein Ende und schon wollte er verzweifeln, als eine Stimme rief: »He! He-da! So warte doch!«

Der Königssohn drehte sich um und sah einen hochgewachsenen, hageren Mann, der rannte auf seinen bohnenstangenlangen Beinen hinter ihm her. »Nimm mich in deinen Dienst«, sagte der Mann, als er ihn eingeholt hatte. »Du wirst es nicht bereuen.«

»Wer bist du?«, fragte der Königssohn. »Und was kannst du?«

»Ich bin der Ellenlang. Ich kann mich dehnen und längen, so hoch und lang, wie's mir beliebt. Siehst du das Nest dort auf der Fichte? Ich will es dir herunterholen.«

Und Ellenlang dehnte sich und wuchs und wuchs und wuchs, bis er so hoch wie die Fichte war, da steckte er das Vogelnest in seine Tasche und schrumpfte wieder im Handumdrehen.

»Ja, du verstehst dein Handwerk«, sagte der Königssohn.

»Doch das Vogelnest hilft mir nicht weiter. Ich hab mich verirrt in diesem Wald. Könntest du mir nur den Weg finden, der mich wieder hinausführt – das wäre ein Dienst unter Freunden.«

»Schnell getan«, sagte Ellenlang und dehnte und längte sich hoch und hoch und hoch hinauf, bis er dreimal höher war als der höchste Baum im Wald. Dort oben sah er sich um und rief: »Gen Westen müssen wir uns halten.« Darauf schnurrte er wieder zusammen, nahm das Pferd am Zügel und führte den Königssohn aus dem Wald hinaus.

Sie kamen vor eine Ebene, so weit das Auge blickte, flaches, graswachsenes Land, am Horizont von nacktem Felsgestein begrenzt. »Hier kommt mein Freund«, sagte Ellenlang. »Nimm ihn in deinen Dienst, es wird dich nicht reuen.«

Der Königssohn sah sich um und sah doch nichts als Gras und Wiesenblumen. »So ruf ihn her«, gebot er Ellenlang.

»Meine Stimme könnte er nicht hören, er ist weit fort von hier. Und er ist nicht gut zu Fuß, denn er hat viel zu tragen. Ich will mich ausstrecken und ihn zu dir bringen.«

Dieses Mal schob sich Ellenlang so hoch, so hoch, bis sein Kopf über den Wolken war. Er machte zwei oder drei Schritte, packte seinen Freund und setzte ihn vor dem Königssohn nieder. Es war ein Mann, so lang wie breit und so rund wie ein Fass.

»Wer bist du?«, fragte der Jüngling. »Und was kannst du?«

»Ich bin der Meilenbreit. Ich kann mich so weiten und ausbreiten, bis zwischen dem Felsgestein dort vorne und dem Wald dort hinten kein Grashalm mehr wachsen kann, so groß ist mein Bauch.«

»Lass mich sehen, was du vermagst.«

»So laufe, Königssohn, laufe, so schnell du kannst!«, rief Meilenbreit, »laufe zum Wald und verstecke dich hinter den Bäumen, sonst wird mein Bauch dich erdrücken.«

Das aber ging dem Jüngling wider die Ehre, ein Ritter ohne Furcht und Tadel läuft nicht davon. Doch als er Ellenlang auf seinen bohnenstangenlangen Beinen zum Wald flüchten sah, nahm er sein Pferd am Zügel und lief ihm nach. Und Meilenbreit begann sich auszudehnen. Sein Bauch weitete sich, wuchs und wuchs und wuchs, bis er so breit und hoch wie ein großer runder Berg war, und der bedeckte das ganze Land, so weit das Auge sah. Noch einmal holte Meilenbreit Luft und der Wald bebte – dann zog er sich wieder zusammen.

»Du bist der erste Mann, vor dem ich das Weite suchte«, sagte der Königssohn zu Meilenbreit. »So einen wie dich trifft man nicht alle Tage. Komm mit uns.«

Die drei zogen weiter und als sie zu dem nackten Felsgestein kamen, saß da ein schmächtiger, kleiner Mann, der hatte seine beiden Augen mit Tüchern verbunden. »Dort sitzt unser Gefährte«, sagte Ellenlang zu dem Königssohn. »Du tätest gut daran, ihn in deinen Dienst zu nehmen.«

Also ging der Jüngling zu dem Mann und fragte ihn, wer er sei und warum er seine Augen verbunden habe und blind durch die Welt ziehe.

»Mein Anblick täuscht«, sagte der Mann. »Auch durch die Tücher, die meine Augen bedecken, sehe ich jedes Flaumhaar auf deinen Wangen. Das Feuerauge werde ich genannt, denn meine Augen durchdringen jedes Gestein, erkennen noch auf hundert Meilen den Flügel einer

Fliege und was sie anblicken, fängt Feuer und verbrennt. Darum habe ich meine Augen verbunden. Doch lass mich zeigen, was ich kann.«

Der schmächtige Mann stand auf, stellte sich vor einen Fels und nahm die Binde von seinen Augen. Da ächzte das Gestein, krachte und zersprang, Staub wirbelte auf und wo der Fels gestanden hatte, war nun ein Haufen Sand. Mitten in dem Sand aber lag ein faustgroßer Klumpen, der gleißte und glänzte. Feuerauge hob ihn auf und reichte ihn dem Königssohn und es war ein Klumpen schieres Gold.

»Komm mit mir, denn du hast wahrlich scharfe Augen«, sagte da der Königssohn. »Da du aber auf hundert Meilen noch einen Fliegenflügel erkennst«, fuhr er fort, »so bitt ich dich, schau dich um, ob du nicht die Burg des Hexers siehst, sie ist aus Stein und Eisen gebaut.«

Feuerauge lüpfte sein Tuch einen Spaltbreit und sah sich um. »Dort steht sie!«, rief er dann. »Weit fort von hier. Wärest du allein, so müsstest du einen Monat, eine Woche und etliche Tage reiten, um zu ihr zu kommen. Aber nun hast du drei Freunde gewonnen und gemeinsam werden wir die Burg, bevor es Abend wird, noch erreichen.«

»Siehst du auch das Mädchen mit den dunklen Augen in der Burg?«

»Da sitzt ein Mädchen. In einem hohen Turm und hinter eisernen Gittern hält sie der Hexer gefangen und sie ist bleich, so bleich.«

»Ach!«, rief der Königssohn. »Helft mir, dieses Mädchen zu befreien.«

Und Ellenlang, Meilenbreit und das Feuerauge gaben ihm die Hand und versprachen ihm das.

Zu viert zogen sie weiter und sie kamen mit großer

Geschwindigkeit voran. War da ein Fels auf ihrem Weg, sprengte Feuerauge eine Bresche, die Schluchten füllte Meilenbreit und durch die Sümpfe trug sie Ellenlang. Als die Sonne tief im Westen stand, da sahen sie die Burg des Hexers in der Ferne und sie eilten sich. Als die Sonne sank, schritten sie über die Zugbrücke und traten durch das eiserne Burgtor. Sie hatten ihr Ziel beizeiten erreicht, denn allabendlich bei Sonnenuntergang hob sich die Zugbrücke und die Tore schlugen zu. Nun gab es keinen Weg zurück, sie waren eingeschlossen.

Der Königssohn stellte sein Pferd in den Stall und die vier Freunde betraten die Burg aus Stein und Eisen. In der Eingangshalle und in den weitläufigen Sälen sahen sie reich gekleidete Edelleute sitzen und stehen – lautlos, reglos, zu Stein geworden. Sie gingen durch viele Räume, einer hinter dem anderen gelegen, bis sie in den Speisesaal kamen. Der Saal war hell erleuchtet mit Lampenlicht und Kerzenschein und der Tisch war für vier Leute gedeckt, mit Früchten, Brot und Wein. Sie warteten eine Weile, doch als niemand erschien, setzten sie sich und aßen und tranken, denn sie hatten großen Hunger.

Wie sie nun den Wein getrunken und sich satt gegessen hatten, sagten sie zueinander: »Nun lasst uns schauen, wo wir uns niederlegen.« Doch in dem Augenblick sprang die Tür auf und der Hexer trat in den Saal. Er war ein buckliger Alter, in einen Mantel aus schwarzem Brokat gehüllt, mit drei eisernen Ketten gegürtet und sein Bart hing ihm bis zu seinen Knien herab. Er schien viele hundert Jahre alt und ohne Alter zu sein und wen sein Blick traf, dem wurde es eisig kalt. An seiner Hand aber führte er ein Mädchen, das war so schön, so schön. Sie war so bleich wie eine Winterrose und ihre Augen waren dunkel.

Der Königssohn erkannte das Mädchen sogleich. Er sprang auf, sah sie an und konnte nicht von ihr lassen und sein Herz war voll Liebe.

»Ich weiß, was dich hierherführt«, unterbrach der Alte die Stille. »Gut, gut, versuch dein Heil. Wenn du sie drei Nächte lang bewachst und sie dir nicht entkommt, so sollst du sie haben. Gelingt es dir aber nicht, so wirst du – und mit dir deine seltsamen drei Diener – zu Stein verwandelt werden. Hast du mein steinernes Gesinde gesehen? So soll es dir ergehen.«

Mit diesen Worten geleitete er das Mädchen zu einem Stuhl und verließ den Saal.

Der Königssohn aber konnte seine Augen nicht von dem Mädchen wenden, sie war so hold und schön. Nach einer Weile sprach er sie an, doch sie antwortete nicht und lächelte nicht. Sie blieb so rätselhaft und stumm wie ein Bild und nur ihre dunklen Augen sprachen. Da setzte der Jüngling sich neben sie und dachte, sie anzuschauen ist Glücks genug, der Schlaf wird mich nicht übermannen. Ellenlang aber streckte sich aus und legte sich im Kreis um die beiden, Meilenbreit setzte sich an die Tür und blies sich auf, bis nicht einmal eine Maus mehr einen Durchschlupf fände, und Feuerauge lehnte sich gegen den Pfeiler, der mitten im Raume stand und die Decke trug.

So richteten sie sich ein, die Nacht zu durchwachen – und im Nu fielen ihnen die Augen zu und sie schliefen ein.

Als das erste Licht des nahen Morgens durch die Fenster fiel, fuhr der Königssohn aus seinem Schlaf. Das Mädchen aber war verschwunden. Da weckte er seine Freunde und fragte sie um Rat.

»Sorg dich nicht, junger Mann«, sagte Feuerauge. »Ich

habe sie schon entdeckt. Hundert Meilen von hier steht ein Wald. Mitten im Wald steht eine alte Eiche und auf dem höchsten Ast des Eichbaums wächst eine Eichel. Diese Eichel ist das Mädchen. Wenn Ellenlang mich auf seine Schulter nimmt, werden wir sie bald wiederbringen.«

Und so geschah es. Schneller, als man bis zehn zählen kann, und schon waren Ellenlang und Feuerauge aus dem Wald zurückgekommen. Ellenlang hielt eine Eichel in seiner Hand. »Wirf sie auf den Boden«, gebot er dem Königssohn.

Der Jüngling tat nach seinen Worten und – welch eine Freude – da stand das schöne Mädchen an seiner Seite. Inzwischen kam hinter den Bergen die Sonne empor und bei ihrem ersten Strahl hörten die Freunde ein gewaltiges Lachen, die Tür sprang auf und der Hexer trat in den Saal. Als er aber das Mädchen an der Seite des Jünglings sah, kollerte er, wie der Donner grollt, und eine der drei eisernen Ketten, die seinen Mantel gürteten, zersprang. Er packte das Mädchen bei der Hand, zog es hinter sich her und verschwand.

Die Stunden vergingen. Der Königssohn wanderte durch die Burg und seltsam war, was er sah. Da stand ein junger Edelmann, der hielt sein Schwert mit beiden Händen und holte aus – und mitten im Schwung war er zu Stein geworden. Ein Knappe floh und mitten im Lauf hatte ihn der Bann getroffen.

Ein Diener stand über einen Braten gebeugt, schon hatte er seinen Mund geöffnet, doch seine Hand, mit dem Stück Fleisch, das er sich abgeschnitten hatte, verharrte reglos, zu Stein erstarrt. Und dergleichen sah der Jüngling in allen Räumen. Leblose Gestalten, von des Alten Fluch gebannt: Stein sollst du sein! Hinfort und für alle Zeiten!

Um die Burg herum aber bot sich der gleiche jammervolle Anblick. Da standen Bäume, doch waren sie kahl und ohne Laub, da waren Felder, doch wuchs kein Grashalm darauf. Da war ein Fluss, doch floss sein Wasser nicht und kein Fisch lebte in ihm. Keine Blume blühte, keine Fliege summte und kein Vogel sang.

Des Morgens, des Mittags und am Abend wurde der Tisch für die vier Freunde gedeckt und Speisen erschienen, wie von unsichtbaren Händen aufgetragen. Und erst, als die Sonne untergegangen war und sie ihr Abendbrot gegessen hatten, kam der Hexer wieder und führte das Mädchen zu dem Königssohn, auf dass er sie die zweite Nacht bewache.

Fest entschlossen waren die Freunde, die Augen offenzuhalten in dieser Nacht und sie sagten zueinander: »Wir wollen uns Geschichten erzählen, das wird uns den Schlaf vertreiben.« Doch es half nicht. »Vor langer Zeit ...«, begann Meilenbreit, »da war ... war ...«; er nickte ein und im Nu fielen allen die Augen zu.

Wie nun der Königssohn am nächsten Morgen erwachte, war das Mädchen verschwunden. Da erschrak er sehr und verwünschte seine Schläfrigkeit.

»Wach auf! Feuerauge, wach auf!«, rief er und rüttelte ihn. »Weißt du, wo mein Mädchen ist?«

Feuerauge rieb sich die Augen, sah sich um und sagte: »Ja, ich sehe sie. Zweihundert Meilen von hier steht ein Berg. In dem Berg ist ein Felsblock und in dem Fels ein Edelstein. Dieser Stein ist das Mädchen. Ellenlang soll mich zu dem Berg tragen. Und noch bevor die Sonne aufgeht, werden wir wieder da sein.«

Also setzte Ellenlang das Feuerauge auf seine Schulter und lief los. Mit jedem Schritt sprang er zwanzig Meilen und als sie vor dem Berg standen, hob Feuerauge seine Augenbinde – und da zersprang der Fels in tausend Stücke. Mitten auf dem Steinhaufen aber lag ein funkelnder Edelstein. Den hoben sie auf und brachten ihn dem Königssohn. Der Jüngling warf eilends den Stein auf den Boden und – welch eine Herzensfreude, das schöne Mädchen stand an seiner Seite. Die Sonne ging auf. Schon von Weitem hallte von den Mauern ein donnerndes Lachen wider und der Hexer kam. Als er aber das Mädchen an der Seite des Jünglings sah, da fuhren weiße Blitze aus seinen Augen und die zweite seiner eisernen Ketten zersprang. Er packte das Mädchen an der Hand, zog es hinter sich her und verschwand. Und noch lange hörte man sein Grollen.

Der Tag verging. Wieder durchwanderte der Jüngling die Hallen und Säle. Überall standen, liefen und schliefen steinerne Gestalten und ihn graute. So still war es in der Burg, als laste der ewige Schlaf in ihren Mauern. Nach dem Abendbrot sprang die Tür auf und der Hexer führte die stumme Schöne zu dem Königssohn. Er sah ihn an mit seinen alten, eisgrauen Augen und dem Jüngling wurde es kalt bis in die Knochen.

»Nun geht's drum!«, sprach der Alte zu ihm. »Lass uns sehen, wer von uns beiden den Preis gewinnt.«

»Heute Nacht werde ich gewiss nicht schlafen!«, sagte der Königssohn zu seinen Freunden. »Doch auch ihr sollt mit mir wachen. Lasst uns tanzen und singen wider den Schlaf.« Sie packten sich an den Händen, sangen und pfiffen, tanzten und sprangen. Doch es half nichts. Ihr Lied verstummte, schwer wurden ihre Schritte und im Nu – fielen ihnen die Augen zu. Und irgendwann in der Nacht entschwand das Mädchen zum dritten Male.

Früh am Morgen fuhr der Königssohn aus seinem Schlaf. Es war die Stunde zwischen Nacht und Tag, das Mädchen aber fand er nicht an seiner Seite. Da eilte er zu Feuerauge und rief: »Steh auf! Freund Feuerauge, steh auf. Das Mädchen ist uns wieder entkommen! Sag mir, wohin sie verschwunden ist.«

Feuerauge sah sich um und um, und erst nach einer Weile antwortete er: »O Königssohn, sie ist weit, weit fort von hier. Dreihundert Meilen hinter den Bergen liegt ein schwarzer See. Auf seinem Grund liegt eine kleine Muschel und in der Muschel ist ein goldener Ring verschlossen. Dieser Ring ist das Mädchen. Dieses Mal hat sie der Alte wahrlich gut versteckt. Doch lass den Mut nicht fahren, wir werden sie schon finden und dir wiederbringen. Meilenbreit aber muss mit uns gehen, wir werden seine Hilfe nötig brauchen.«

Also lud Ellenlang sich Feuerauge auf seine linke Schulter und Meilenbreit auf seine rechte und lief los. Mit jedem Schritt ließ er dreißig Meilen hinter sich, doch Meilenbreit lastete schwer auf seiner Schulter. Schließlich erreichten sie den schwarzen See. Feuerauge zeigte die Stelle, wo die kleine Muschel lag, und Ellenlang streckte seinen Arm aus, zog ihn lang aus, doch der See war so tief, er konnte den Grund nicht erreichen, auf dem die Muschel lag.

»Wartet, Freunde«, sagte da Meilenbreit. »Endlich gibt es was für mich zu tun.«

Meilenbreit blies sich auf und weitete sich aus – und sein Bauch wurde größer als der höchste Berg auf Erden. Dann beugte er sich über den See und trank. Und mit jedem Schluck, den er trank, schwand das schwarze Wasser. Bald war der See trockengelegt, war ein tiefer Krater, und mitten auf seinem schwarzen Grund lag die kleine Muschel. Ellenlang hob sie hoch, brach sie auf und holte den Ring hervor. Indessen aber war einige Zeit vergangen. Ellenlang eilte mit Riesenmeilenschritten zur Burg zurück, die doppelte Last auf seinen Schultern drückte ihn schwer. Der Morgen dämmerte, bald würde die Sonne aufgehen, und bis zu der Burg war es noch ein weiter, weiter Weg.

In der Burg aus Stein und Eisen wartete der Königssohn auf seine Freunde. Der Himmel wurde heller, der Tag begann die Nacht zu vertreiben und noch waren sie nicht zu sehen. Ein erster Sonnenstrahl brach hinter den Bergen hervor, färbte das Land mit seinem warmen Licht, der Jüngling stand am Fenster und schaute, doch seine Freunde sah er nicht. Da sprang die Tür auf und der Hexer trat ein. Er sah den Königssohn allein, ohne das Mädchen, am Fenster stehen, und er lachte so unbändig und laut, dass rings die Mauern bebten.

»Zu Stein sollst du ...«, hob er an – doch da war ein lautes Klirren, Glas zersprang, das Fenster fiel in tausend Stücke, schwarzes Wasser spritzte, ein goldener Ring flog herein, und ho! stand das Mädchen an des Jünglings Seite.

Feuerauge hatte von Weitem erkannt, in welch großer Gefahr sich der Königssohn befand, Ellenlang hatte weit ausgeholt und mit all seiner Kraft den Ring über die Berge geworfen und durch das Fenster geschmissen und Meilenbreit hatte ausgespuckt und mit einem Schwall Wasser den Ring geleitet.

Der Hexer aber brüllte in seinem Zorn und Grimm, bis die Burg mit allen Mauern bebte. Und mitten in seine Raserei klang – krick, krack – ein heller Ton, wie wenn Eisen gegen Eisen schlägt, die dritte seiner Ketten zersprang – und ein Rabe flog auf, flog durch den Saal und durch das zerschlagene Fenster davon.

Nun endlich vermochte das Mädchen ihr Schweigen zu brechen. Sie dankte dem Jüngling, dass er sie aus dem Bann des Alten befreit hatte, ihre Augen lachten und sie war so schön, so schön.

Und nicht nur das Mädchen war wieder zum Leben erweckt, kaum war des Hexers Macht gebrochen, da regten sich all die versteinerten Ritter aus ihrem langen, starren Schlaf. Die Pferde in den Ställen schnaubten, die Bäume trieben neue Blätter, das Wasser floss, die Fische tauchten auf und unter und schwammen rundherum. Die Blumen blühten, die Fliegen summten und die Vögel sangen. Wohin das Auge sah, war Leben, Lust und Freude.

Nun scharten sich die erlösten Männer um den Königssohn und wollten ihm danken für seine Tat. Doch der Jüngling widersprach: »Dankt nicht mir, dankt meinen getreuen Freunden. Ohne ihre Hilfe hätte auch ich euer Schicksal geteilt. Dankt Ellenlang, Meilenbreit und Feuerauge.«

Man sagte sich Lebewohl, ein jeder zog seiner Wege und der Königssohn setzte das schöne Mädchen auf sein Pferd und machte sich mit seinen Freunden auf den Heimweg. Es war ein langer Weg und als sie endlich ins Reich seines Vaters kamen, da weinte der alte Mann vor Freude.

Zur Hochzeit wurde ein großes Fest vorbereitet, Boten ritten durch das ganze Land und luden all die Männer, die der Hexer in seiner Burg zu Stein verwandelt hatte, zu dem Festmahl ein. Was für ein Feiern da begann! Wer aber fröhlicher lachte und glücklicher war, der alte König, der junge Bräutigam oder die schöne Braut – das war nicht zu sagen.

Nach den festlichen Tagen traten Ellenlang, Meilenbreit und Feuerauge vor den Königssohn und reichten ihm die Hand zum Abschied. Und sosehr sie der Jüngling auch bat, für immer bei ihm zu bleiben, denn sie waren ihm lieb und teuer geworden, die drei Gefährten ließen sich nicht überreden. »Halt uns nicht zurück, junger Freund«, sagten sie. »Das müßige Leben ist nicht nach unserem Sinn. Seit Menschengedenken ziehen wir durch das Land und wer das Unmögliche wagt, dem reichen wir die Hand. Gar mancher Jüngling ist unterwegs, von der Stimme seines Herzens geführt, dem wollen wir beistehen auf seinem Weg. So lass uns weitergehen.«

Sie sind noch immer im Land, hier und dort und überall. Und wenn einer auszieht, einen Traum zu wagen – du oder ich –, wird er sie finden: die verlässlichen Gefährten Ellenlang, Meilenbreit und Feuerauge.

ANHANG

Nachwort

Jeder hat schon einmal den Satz gehört: »Erzähl mir doch keine Märchen!« Damit ist gemeint, dass man eine Geschichte für wirklichkeitsfern oder schlicht für eine Lüge hält. Wenn Märchen jedoch unwahr wären und nicht dem tatsächlichen Leben von Menschen entsprächen, wären sie nicht über Jahrhunderte weitererzählt worden. Es werden nur solche Geschichten überliefert, die Menschen unmittelbar berühren und die sie als wertvoll empfinden. Dergestalt sind Märchen Bestandteil unserer Kultur geworden.

Die Kulturwissenschaftler Aleida und Jan Assmann haben den Begriff »kulturelles Gedächtnis« geprägt. Dieses kulturelle Gedächtnis umfasst alle Erscheinungen, in denen der Sinn einer Kultur überliefert wird. Da Sinn etwas nicht Greifbares ist und einer Innendimension angehört, muss er symbolisch dargestellt werden. Sinnträger sind alle kulturellen Symbole und Zeichen, die über längere Zeiträume gültig sind und den Menschen eine Stütze geben. Dazu gehören beispielsweise Tempel, Idole und Bilder. Auch in Riten und Festen, wie etwa Weihnachten, wird kultureller Sinn überliefert und in der Ausführung immer wieder neu vergegenwärtigt. Weiterhin sind Erzählungen und Texte, die eine verbindende und sinnstiftende Funktion für eine Gemeinschaft haben, Träger des kulturellen Gedächtnisses. Dergleichen Texte sind die Mythen und die Märchen.

Welche Inhalte des kulturellen Gedächtnisses werden nun in den Märchen dargestellt? Den Kern der Märchen bilden die sogenannten Zaubermärchen, das sind die bekannten und beliebten Geschichten, wie »Der Teufel mit den drei goldenen Haaren«, »Der Eisenhans« oder »Aschenputtel«. Sie alle erzählen in immer neuen Bildern, wie ein heranwachsender junger Mensch sich aus dem Elternhaus ablöst und nach einem Entwicklungsprozess eine partnerschaftliche Bindung eingeht. Ein voll ausgebautes Märchen hat dann noch einen zweiten Teil, in dem gezeigt wird, wie die Partnerschaft an der Unreife einer der Partner zu zerbrechen droht und noch einmal ein vorbehaltloses Sich-Einsetzen erfordert. Dies ist das Grundmuster der meisten Märchen.

Die vorliegende Anthologie enthält Märchen aus vierzehn verschiedenen Ländern und Kulturkreisen, die von der Autonomieentwicklung von Söhnen erzählen. Die Leserin und der Leser können so eine bunte Schar von Märchensöhnen begleiten, auf ihrem Weg zu sich selbst, und den im Märchen gespiegelten männlichen Entwicklungsweg in vielen Facetten miterleben.

Die adoleszente Identitätsentwicklung ist ein kulturübergreifendes, allgemeinmenschliches Geschehen, das in unterschiedlichen Kulturen anders ausgeformt, aber prinzipiell das Gleiche ist. Märchen stellen so auch eine Verbindung her zu Menschen mit anderen Lebensformen und schaffen einen Brückenschlag zwischen den Kulturen. Man wird in dieser Sammlung manch vertrautes Märchen oder Märchenmotiv in neuem Zusammenhang wiederfinden, wie etwa die Geschichte vom »Gestiefelten Kater« in dem kubanischen Märchen »Der Puma, der zaubern konnte«. Das bekannte europäische Märchen wurde hier mit schamanistischem Erzählgut aus Kuba verbunden und vermittelt ein karibisches Lebensgefühl und das entsprechende Umfeld. Erwachsene haben somit Gelegenheit, neue, unbekannte Märchenschätze zu entdecken, und Kinder werden ihren zunehmend international werdenden Freundeskreis auch in den Märchen wiederfinden können.

Da Märchen ursprünglich mündlich weitergegeben wurden, ist bei der Auswahl Wert gelegt worden auf Geschichten, die den mündlichen Erzählton bewahren. Manche Märchen enthalten auch noch die Eingangs- oder Schlussformeln ihrer ursprünglichen Erzähler. Die bekannteste Einleitung eines Märchens ist wohl »Es war einmal …«, ein geläufiger Schluss lautet: »… und wenn sie nicht gestorben sind, leben sie noch heute«. Diese Formeln haben unter anderem die Funktion, die Grenze zu markieren zwischen dem alltäglich Erzählten und der phantasmatischen Welt des Märchens. Die meisten Märchentexte wurden behutsam bearbeitet und heutigem Sprachgebrauch angepasst.

Ein Märchen beginnt gewöhnlich in einem familiären Umfeld. Als Personen treten Mutter, Vater und ein oder mehrere Kinder auf. Einer der Söhne oder eine Tochter ist dann die Hauptfigur des Märchens, deren konflikthafter Weg ins Erwachsenenleben geschildert wird. Eine solche Familienkonstellation in irgendeiner Abwandlung kennt jeder aus eigener Erfahrung. Wir identifizieren uns in der Regel mit dem Protagonisten des Märchens, treten mit ihm gemeinsam in das Geschehen ein und durchleben das Ablösungsabenteuer. Dabei projizieren wir unsere eigene innere Welt und vergleichbare Erfahrungen auf die Märchenfiguren und erfüllen sie so mit Leben. In den Bildern, die wir uns von einem Märchenmotiv machen, sind somit stets eigene Erlebnisse enthalten.

Sowohl vom Inhalt als auch vom strukturellen Aufbau her haben Märchen Entsprechungen zu den Initiationsriten der Pubertät. Bei beiden muss sich ein Jugendlicher erproben und bewähren, um dann seinen Platz in der Erwachsenenwelt einzunehmen. Ob sich Märchen einmal aus Begleiterzählungen zu Initiationsriten entwickelt haben, ist eine offene Frage.

Als Teil des kulturellen Gedächtnisses bilden Märchen die Ablösungs- und Selbstfindungsvorgänge der Adoleszenz ab und sind Leitbilder für den Weg aus der kindlichen Abhängigkeit ins reife Erwachsenenleben. Die Entwicklung einer eigenen Identität ist nicht nur eine Aufgabe für Kinder und Jugendliche. Auch Erwachsene können damit in Berührung kommen, sich aus noch bestehenden Abhängigkeiten lösen und sich gegenüber Eltern und Herkunftsfamilie neu positionieren zu müssen. Die Ausformung der eigenen Identität begleitet Menschen ein Leben lang. Neben dieser zentralen Thematik der Märchen spiegeln sich gleichermaßen auch religiöse Anschauungen und allgemeinere Aspekte des menschlichen Lebens sowie Wertvorstellungen und Normen der jeweiligen Kultur und historischen Situation, aus der das einzelne Märchen stammt.

Söhne im Märchen

Der Held eines Märchens mit einer männlichen Hauptfigur ist gewöhnlich der einzige Sohn seiner Eltern oder der jüngste von drei Brüdern. Erzählungen von zwei Brüdern, die Verbündete und einander hilfreich sind, gibt es nur wenige. Während Töchter im Märchen häufig innerfamiliären Feindseligkeiten und Gefährdungen ausgesetzt sind – etwa seitens neidischer Mutter- und Schwesternfiguren – ist dies bei Söhnen selten der Fall. Die Bewährung von Märchensöhnen findet überwiegend in der Welt draußen statt. Sie ziehen aus, um ihre zukünftige Braut zu gewinnen, sich mit Ungeheuern oder Feinden auseinanderzusetzen und ein Königreich zu erringen. Dazu brauchen sie Mut, Entschlossenheit und Durchsetzungskraft, aber auch Mitgefühl, Hilfsbereitschaft und Liebesfähigkeit sind für junge Männer im Märchen wichtige Eigenschaften.

Stellen wir uns einen männlichen Märchenhelden vor, so denken wir häufig an einen Königssohn, der mit einem Drachen kämpft oder eine gefangene Prinzessin befreit. Diese Motive kommen tatsächlich im Söhnemärchen häufig vor. Der junge Mann, der sich kämpferisch erprobt, entspricht männlicher Lebensweise nicht nur vergangener Zeiten. Allerdings entsteht manchmal der Eindruck, dass hier in der Märchenrezeption ein einseitiges Bild des männlichen Helden zum Klischee geworden ist, das die Anteil nehmenden und liebevollen Fähigkeiten ausblendet, die er ebenso braucht, um seine Ziele zu erreichen.

Natürlich gibt es auch den Draufgänger im Märchen, das hängt davon ab, wie der einzelne Erzähler – in diesem Fall wohl meist ein männlicher – seinem Publikum den Helden vorführen möchte. Im Allgemeinen müssen im Märchen neben Kraft und Kühnheit jedoch noch weitere Eigenschaften erprobt werden. Der Königssohn im Märchen »Von dem Riesen, der kein Herz im Leib hatte« beispielsweise gewinnt zu Beginn seines Auszugs Helfer für sich: Einem entkräfteten Raben gibt er Essen, einen auf dem Trockenen liegenden Lachs, der zu sterben droht, wirft er in den Fluss zurück und auch einem verhungernden Wolf gibt er Nahrung. Indem er den Tieren gegenüber Mitgefühl zeigt, macht er sie sich zu Freunden, die ihm später, wenn er die entscheidende Auseinandersetzung mit dem übermächtigen Riesen bestehen muss, zu Hilfe kommen werden.

Auch in dem russischen Märchen »Zarewna Frosch« und der bosnischen Erzählung »Der Beg und der Fuchs« gewinnen die jungen Männer auf diese Weise Tierhelfer zu Lande, zu Wasser und in der Luft und haben sich so das ganze Tierreich zu Verbündeten gemacht. Die Anteilnahme am Schicksal anderer Menschen und daraus resultierende Hilfe sind Kennzeichen der Hauptfiguren beispielsweise in den Märchen »Die Liebe der drei Orangen« und »Der Puma, der zaubern konnte«. Und die Protagonisten der Märchen »König Lindwurm« und »Zarewna Frosch« gehen aus Liebe zu ihren Frauen auf eine lange Suchwanderung.

Auch das Verhältnis zwischen Märchensöhnen und ihren Bräuten ist recht vielgestaltig. In Märchen mit einem männlichen Helden erobert oder erlöst dieser häufig seine künftige Braut oder sie wird von ihrem Vater als Preis ausgesetzt. Eine solche Darstellungsweise von Frauen als passivem Objekt im Söhnemärchen wird allerdings von zahlreichen weiteren Aufgaben der Bräute ergänzt. Im Töchtermärchen, in dem eine junge Frau die Hauptfigur ist, wird allein durch die Ablösungsdynamik vorgegeben, dass die Märchenheldin aktiv ihren Weg in die Eigenständigkeit finden muss.

In dem Märchen »König Lindwurm« ist es die Braut, die dem in ein Ungeheuer verwünschten Helden zu seiner menschlichen Gestalt verhilft. Der Königssohn im

Märchen »Von dem Riesen, der kein Herz im Leib hatte« kann seine zukünftige Braut nur dadurch aus der Gewalt des Riesen befreien, dass sie ihm mit List sein Geheimnis entlockt und es an den Prinzen weitergibt. In »Simson, tu dich auf!« wird die Königstochter von ihrem Vater demjenigen zur Frau versprochen, der zu ihr auf einen Glasberg hinaufreiten kann. Nachdem unser Held dies vollbracht hat, zieht er sich jedoch zurück und die Prinzessin muss nun durch die Lande ziehen, um ihn ausfindig zu machen und Hochzeit halten zu können. Und schließlich wird in dem Märchen »Hans, der Grafensohn, und die schwarze Prinzessin« von einer hilfreichen gegenseitigen Beziehung erzählt: Zunächst erlöst der Grafensohn die Königstochter, später ist sie es, die ihn aus seiner misslichen Lage befreit.

Söhne und Väter im Märchen

Im Märchen sind mehr Sohn-Vater-Ablösungen dargestellt als Sohn-Mutter-Ablösungen. Alles in allem bringen sowohl Märchenväter als auch Märchenmütter ihren Söhnen mehr Wohlwollen und positive Einstellungen entgegen als ihren Töchtern. Hier spiegeln sich die Geschlechter- und Machtverhältnisse einer patriarchalischen Gesellschaft und entsprechende Rollenzuweisungen. Aber auch heutzutage wird Söhnen mehr Eigenständigkeit und Selbstbehauptung zugestanden als Töchtern, wie psychologische Untersuchungen zeigen.

Eine häufige Eingangsszenerie des Sohn-Vater-Märchens ist der Aufbruch des Sohnes aus dem Elternhaus, um auf Brautsuche zu gehen. So lässt etwa ein Liebeszauber in dem Märchen »Die Liebe der drei Orangen« den Königssohn in die Welt ziehen, um seine Braut zu suchen. Im Extremfall kann die Brautsuche des Märchenhelden sogar recht archaisch als reiner Brautraub erzählt werden, wie in dem Märchen »Der Beg und der Fuchs«. In vielen Fällen ist es der Vater selbst, der die Ablösung einleitet und den Sohn ausschickt. Im Märchen »Ellenlang, Meilenbreit und Feuerauge« will der alte König seinen Sohn verheiratet sehen, bevor er stirbt, und überreicht ihm den Schlüssel dazu, seine künftige Braut zu finden. Auch die Väter in den Märchen »Das weiße Kätzchen«, »Zarewna Frosch« und »Von dem Riesen, der kein Herz im Leib hatte« schicken ihre Söhne auf Brautschau, wobei wir dann den jeweils jüngsten auf seinem Entwicklungsweg begleiten.

Wenn Märchen von drei Brüdern erzählen, ist gewöhnlich der jüngste der Held. Die älteren Brüder sind ihm gegenüber feindselig gezeichnet, sie verachten und beneiden ihn. Der jüngste Sohn ist oftmals als Aschensitzer und Dummling dargestellt, dem vom Vater wenig zugetraut wird. Der Vater mehrerer Söhne stellt diese häufig auf eine Bewährungsprobe, damit er dem besten das Erbe übergeben kann. Fast immer ist es dann der jüngste Sohn, der sich als fähig erweist und die Nachfolge des Vaters antritt. Mit der Brautwerbung direkt oder indirekt verbunden ist im Sohn-Vater-Märchen oft auch die Übergabe von Besitz und Macht des alten Bauern oder des Königs an seinen Sohn. Auch hier werden reale patriarchalische Strukturen gezeigt, in denen das Erbe in der männlichen Linie weitergegeben wird, in der Regel an den ältesten Sohn.

Das Märchen dreht diese Verhältnisse jedoch um, indem es meist der Jüngste ist, der dem Vater nachfolgt. Diese Erzähldramaturgie ergibt dann einen Sinn, wenn man sie von unserem Miterleben der Handlung her betrachtet. Zum Erzählstil des Märchens gehört es, dass der Hauptfigur die Brüder als Kontrastfiguren entgegengestellt sind. Der Jüngste macht seinen Weg, die beiden Älteren sind erfolglos. Dadurch wird die Leistung des Märchenhelden umso deutlicher herausgestellt. Was aber erleben wir als Leser, wenn wir unsere eigenen Konfliktprojektionen mit in ein solches Drei-Söhne-Märchen (oder auch ein Märchen mit drei Töchtern) einbringen?

Im Märchen »Simson, tu dich auf!« versagen die beiden älteren Söhne bei der Aufgabe herauszufinden, warum dem alten Bauern jede Nacht eine Fuhre Hafer aus der Scheune gestohlen wird. Da wir uns gewöhnlich mit der jeweiligen Hauptfigur des Märchens identifizieren, können wir in den ersten beiden misslingenden Anläufen zunächst unsere eigenen Erfahrungen und Befürchtungen wiederfinden, zu scheitern. Bevor wir jedoch verzagen und der Antiheld in uns die Überhand gewinnt, stellt sich der jüngste, verkannte Märchensohn der Herausforderung. Mit ihm erleben wir dann, dass es das Vertrauen in die eigenen Fähigkeiten ist, auf das wir bauen können.

Auch für uns bestehen prinzipiell beide Möglichkeiten einer Herausforderung zu begegnen: Wir können scheitern oder aber uns bewähren. Das Miterleben des Märchens gibt uns eine symbolische Orientierung dafür, dass wir auch bei Fehlschlägen die Hoffnung auf eine glückliche Lösung aufrechterhalten können.

Söhne und Mütter im Märchen

Im Vergleich zu Tochtermärchen sind Sohn-Mutter-Beziehungen seltener und auch weniger konfliktbeladen dargestellt. Eine Märchenmutter hat oft Zutrauen in ihren Sohn und stärkt seine Männlichkeit. Töchter müssen sich im Märchen häufig mit gegnerischen Mutterfiguren auseinandersetzen und Bedrohungen durch sie entkommen. Dergleichen Beziehungen zwischen Mutter und Sohn sind nur gelegentlich dargestellt.

Die gegengeschlechtliche Sohn-Mutter-Beziehung ist nicht nur im Märchen weniger konflikthaft als die einer Tochter zu ihrer Mutter. Das mag daran liegen, dass zwischen Sohn und Mutter schon aufgrund des unterschiedlichen Geschlechts mehr Abstand möglich ist. Außerdem dürften sich hier auch gesellschaftliche Strukturen fortsetzen, in denen ein Gleichgewicht der Wertschätzung von Söhnen und Töchtern nicht immer erreicht ist.

So ist der Protagonist des Märchens »Simson, tu dich auf!« ein Aschensitzer und Träumer, der von seiner Mutter jedoch in seinen Vorhaben unterstützt wird. Im Märchen »Die Gaben des Schlangenkaisers« ist der Sohn der Ernährer seiner Mutter. Auch in »Jack und die Bohnenranke« hält die Mutter den Sohn für fähig, für die Sicherung der materiellen Existenz der beiden die richtige Entscheidung zu treffen. Ein ganz anderer Aspekt einer Sohn-Mutter-Beziehung wird in »König Lindwurm« geschildert. Hier bricht die Mutter ein Tabu und ihr Sohn kommt deshalb als Lindwurm auf die Welt. Die Ursache für die Zerstörungswut des dämonisierten Sohnes wird somit an die Mutterbeziehung gebunden. Und schließlich behauptet sich der Held im Märchen »Der Königssohn und sein Diener« gegenüber seiner Mutter, er bringt sie in Gefahr, hilft ihr aber auch wieder heraus.

Als Teil des kulturellen Gedächtnisses vermitteln Märchen von Söhnen in immer neuen Bildern, wie eine männliche Identitätsentwicklung gelingen kann. Über die sich stets wiederholende Erzählstruktur bindet uns jedes einzelne Märchen unbewusst, quasi musikalisch, in die ihm innewohnende Ablösungsdynamik ein. Man kann auf bewährte Muster vertrauen, die einem heranwachsenden jungen Mann Impulse geben für seinen Weg in die Selbstbestimmung.

Gudrun Lehmann-Scherf

Dank

Herzlich bedanken möchte ich mich bei allen Freunden und Bekannten, die mir während der Arbeit an dieser Sammlung mit Rat und Tat zur Seite standen. Meinem Mann Walter Scherf widme ich dieses Buch in tiefer Verbundenheit.

Glossar

Altan	Plattform im Obergeschoss eines Gebäudes/ Dachterrasse
Baba Jaga	zweigesichtige, weibliche Figur der slawischen Volksüberlieferung, die sowohl gut als auch böse sein kann
bannig	außerordentlich, sehr
Beg (Bei, Bey)	türkischer Adelstitel
blänkern	blinken
Bojare	adliger Großgrundbesitzer
Buddel	Flasche
Düwel	Teufel
Gekakel	Geschnatter
girren	gurren
Gjaur	Ungläubiger
hineinrusseln	hineinkriechen
Karriere	hier: spezieller Galoppsprung
Klappe	hier: Bett
Klutt	flache Mütze
kollern	Krach schlagen, dröhnen, poltern
Koschtschej der Unsterbliche	Figur der russischen Mythologie
Kruppe	Hals des Pferdes
Loch	hier: Gefängnis
Logis	Unterkunft
lütt	klein
Patsche	hier: Klatsche
Priem	Kautabak
Pud	russisches Gewichtsmaß, 1 Pud = ca. 16,38 Kilogramm
Raufe	Gestell für Heu, Gras oder Stroh
Rehfuß	speziell geformter Stock
Scheunendiele	Tenne, befestigter Fußboden einer Scheune
Schottisch linksherum	Tanzform
sich etwas Zuschanden fallen	sich verletzten
Sielengeschirr	Geschirr für Zugtiere

Sprengel	Verwaltungsbezirk
Stambul	alter Teil des heutigen Istambul
Tülps	Dummkopf

Quellenverzeichnis

Zarewna Frosch (AaTh/ATU 402 + AaTh/ATU 554 + AaTh/ATU 302)
In: Afanaßjew, A. N. Russische Volksmärchen. Neue Folge. Hrsg. und
übersetzt von Anna Meyer. Ludwig, Wien 1910
Jack und die Bohnenranke (AaTh/ATU 328A)
In: Jacob, Joseph. English Fairy Tales. David Nutt, London 1890
Übersetzung: Walter Scherf
König Lindwurm (AaTh/ATU 433B)
In: Grundtvig, Svend. Gamle danske Minder i Folkemunde. Akademisk,
Kopenhagen 1854
Übersetzung: Walter Scherf
Die Reise zur Sonne (AaTh/ATU 461)
In: Wenzig, Joseph. Westslawischer Märchenschatz. Lorck, Leipzig 1857
Der Bursche und das Zauberpferd (AaTh 532, ATU 314)
In: Karlinger, Felix und Gertrude Gréciano. Provenzalische Märchen.
© 1998 Diederichs Verlag, München, in der Verlagsgruppe Random
House GmbH
Hans, der Grafensohn, und die schwarze Prinzessin (AaTh/ATU 935 +
AaTh/ATU 307)
In: Jahn, Ulrich. Volkssagen aus Pommern und Rügen. Dannenberg,
Stettin 1886
Die Liebe der drei Orangen (AaTh/ATU 408)
Originaltitel: »Die Liebe der drei Pomeranzen«
In: Schneller, Christian. Märchen und Sagen aus Wälschtirol. Wagner,
Innsbruck 1867
Der Beg und der Fuchs (AaTh/ATU 535)
In: Leskien, August. Balkanmärchen. Eugen Diederichs Verlag,
Jena 1915
Das Büblein im Sack (AaTh/ATU 327C)
In: Calvino, Italo. Italienische Märchen. Aus dem Italienischen von Lisa
Rüdiger. © der deutschen Übersetzung 1975 by Manesse Verlag,
Zürich, in der Verlagsgruppe Random House GmbH, München
Simson, tu dich auf! (AaTh/ATU 530)
In: Wisser, Wilhelm. Plattdeutsche Märchen. Eugen Diederichs Verlag,
Jena 1914
Übersetzung: Walter Scherf
Von dem Riesen, der kein Herz im Leib hatte (AaTh/ATU 303A +

AaTh/ATU 554 + AaTh/ATU 302)
In: Asbjørnsen, P. (C.) und J. Moe. Norwegische Volksmärchen. Band 1–2. Hans Bondy, Berlin 1908
Übersetzung: Friedrich Bresemann
Der Mond (AaTh/ATU 315)
In: Schenkowitz, Gisela (Hrsg.). Märchen aus dem Kaukasus.
© 1989 Diederichs Verlag, München, in der Verlagsgruppe Random House GmbH
Das weiße Kätzchen (AaTh/ATU 402 + AaTh/ATU 935)
In: Holbek, Bengt. Dänische Volksmärchen. © Akademie-Verlag, Berlin 1990
Die Gaben des Schlangenkaisers (AaTh/ATU 566)
In: Preindlsberger-Mrazovic, Milena. Bosnische Volksmärchen. A. Edlinger, Innsbruck 1905
Der Königssohn und sein Diener (AaTh/ATU 502 + AaTh/ATU 533 + AaTh/ATU 314)
In: Afanaßjew, A. N. Russische Volksmärchen. Hrsg. und übersetzt von Anna Meyer. C. W. Stern, Wien 1906
Der Puma, der zaubern konnte (AaTh/ATU 545 A)
In: Karlinger, Felix und Johannes Pögl. Märchen aus der Karibik.
© 1995 Diederichs Verlag, München, in der Verlagsgruppe Random House GmbH
Ellenlang, Meilenbreit und Feuerauge (AaTh/ATU 513)
In: Die sieben Söhne. Märchen der Männer. Beltz Verlag, Weinheim und Basel 1995 (2. Auflage). © Helga Gebert, Freiburg
Übersetzung: Helga Gebert
Herzlichen Dank an Helga Gebert für das Überlassen ihrer Übersetzung.

Trotz aller Bemühungen konnten leider nicht alle Rechteinhaber ermittelt bzw. erreicht werden. Der Verlag verpflichtet sich, rechtmäßige Ansprüche jederzeit in angemessener Form abzugelten.

Literaturverzeichnis

Assmann, Aleida und Jan. Schrift, Tradition und Kultur. In: Raible, W. Zwischen Festtag und Alltag. Narr, Tübingen 1988

Assmann, Jan. Das kulturelle Gedächtnis: Schrift, Erinnerung und politische Identität in frühen Hochkulturen. C.H. Beck, München 1992

Becker, Ricarda. »Initiation«. In: Brednich, Wilhelm u.a. (Hrsg.). Enzyklopädie des Märchens. De Gruyter, Berlin/New York 1977ff.

Beit, Hedwig von. Das Märchen: Sein Ort in der geistigen Entwicklung. Francke, Bern und München 1965

Bettelheim, Bruno. Kinder brauchen Märchen. Deutsche Verlagsanstalt, Stuttgart 1977

Birkhäuser-Oeri, Sibylle. Die Mutter im Märchen: Deutung der Problematik des Mütterlichen und des Mutterkomplexes am Beispiel bekannter Märchen. Hrsg. von Marie-Louise von Franz. Adolf Bonz, Fellbach-Oeffingen 1985 (8. Auflage)

Blaha-Peillex, Nathalie. »Stiefmutter, Stiefkinder«. In: Brednich, Wilhelm u.a. (Hrsg.). Enzyklopädie des Märchens. De Gruyter, Berlin/New York 1977ff.

Blos, Peter. Sohn und Vater. Klett-Cotta, Stuttgart 1990

Blumenhein, Gerd (Hrsg.). Die Märchenjurte. Was der alte tejo zu erzählen hat. Verlag der Jugendbewegung, Berlin 1995 (Textsammlung)

Bottigheimer, Ruth B. Grimm's Bad Girls and Bold Boys: The Moral and Social Vision of the Tales. Yale University Press, New Haven/London 1987

Bottigheimer, Ruth B. »Schwester«; »Stiefgeschwister«. In: Brednich, Wilhelm u.a. (Hrsg.). Enzyklopädie des Märchens. De Gruyter, Berlin/New York 1977ff.

Brednich, Wilhelm u.a. (Hrsg.). Enzyklopädie des Märchens: Handwörterbuch zur historischen und vergleichenden Erzählforschung. Begründet von Kurt Ranke. De Gruyter, Berlin/New York 1977ff.

Dégh, Linda. »Hochzeit«. In: Brednich, Wilhelm u.a. (Hrsg.). Enzyklopädie des Märchens. De Gruyter, Berlin/New York 1977ff.

Doderer, Klaus. »Das bedrückende Leben der Kindergestalten in den Grimm'schen Märchen«. In: ders. Klassische Kinder- und Jugendbücher. Kritische Betrachtungen. Beltz, Weinheim/Berlin/Basel, 1970 (2. Auflage)

Gebert, Helga. Die sieben Söhne: Märchen der Männer. Beltz, Weinheim 1991 (Textsammlung)

Holbek, Bengt. Interpretation of fairy tales: Danish folklore in a European perspective. Suomalainen Tiedeakatemia, Helsinki 1987

Horn, Katalin. »Familie«; »Held/Heldin«; »Helfer«; »Sohn/Söhne«. In: Brednich, Wilhelm u.a. (Hrsg.). Enzyklopädie des Märchens. De Gruyter, Berlin/New York 1977 ff.

Kast, Verena. Familienkonflikte im Märchen. München, Deutscher Taschenbuch Verlag 1988

Kast, Verena. Märchen als Therapie. Walter, Olten 1986

Laiblin, Wilhelm (Hrsg.). Märchenforschung und Tiefenpsychologie. Primus Verlag, Darmstadt 1997

Lehmann-Scherf, Gudrun. »Psychoanalyse«. In: Brednich, Wilhelm u.a. (Hrsg.). Enzyklopädie des Märchens. De Gruyter, Berlin/New York 1977 ff.

Lehmann-Scherf, Gudrun. »Rotkäppchen in der Psychotherapie«. In: Gerndt, Helge und Kristin Wardetzky. Die Kunst des Erzählens: Festschrift für Walter Scherf. Verlag für Berlin-Brandenburg, Potsdam 2002

Lundell, Torborg. »Mutter«. In: Brednich, Wilhelm u.a. (Hrsg.). Enzyklopädie des Märchens. De Gruyter, Berlin/New York 1977 ff.

Lüthi, Max. Märchen. Metzler, Stuttgart 1976 (6. Auflage)

Lüthi, Max. Das europäische Volksmärchen: Form und Wesen. Francke, Bern 1947 (2. Auflage)

Marks, Stephan. Märchen von Männern. Fischer, Frankfurt am Main 1993 (Textsammlung)

Masoni, Licia. »Tochter/Töchter«. In: Brednich, Wilhelm u.a. (Hrsg.). Enzyklopädie des Märchens. De Gruyter, Berlin/New York 1977 ff.

Moser-Rath, Elfriede. »Frau«. In: Brednich, Wilhelm u.a. (Hrsg.). Enzyklopädie des Märchens. De Gruyter, Berlin/New York 1977 ff.

Ranke, Kurt. »Braut/Bräutigam«. In: Brednich, Wilhelm u.a. (Hrsg.). Enzyklopädie des Märchens. De Gruyter, Berlin/New York 1977 ff.

Roth, Klaus. »Mann«. In: Brednich, Wilhelm u.a. (Hrsg.). Enzyklopädie des Märchens. De Gruyter, Berlin/New York 1977 ff.

Röhrich, Lutz. »Erlösung«, »König/Königin«. In: Brednich, Wilhelm u.a. (Hrsg.). Enzyklopädie des Märchens. De Gruyter, Berlin/New York 1977 ff.

Röhrich, Lutz. »und weil sie nicht gestorben sind ...«: Anthropologie, Kulturgeschichte und Deutung von Märchen. Böhlau, Köln/Weimar/Wien 2002

Röhrich, Lutz. Märchen und Wirklichkeit. Schneider, Hohengeren 2001 (5. Auflage)

Röth, Diether. Kleines Typenverzeichnis der europäischen Zauber- und Novellenmärchen. Schneider, Hohengeren 1998

Scherf, Walter. Die Herausforderung des Dämons. Form und Funktion grausiger Kindermärchen. Saur, München et al. 1987

Scherf, Walter. Bedeutung und Funktion des Märchens. Internationale Jugendbibliothek, München 1982

Scherf, Walter. Lexikon der Zaubermärchen. Kröner, Stuttgart 1982

Scherf, Walter. Das Märchenlexikon. Band 1 und 2. C.H. Beck, München 1995

Shojaei Kawan, Christine. »Mutter, die treulose«. In: Brednich, Wilhelm u.a. (Hrsg.). Enzyklopädie des Märchens. De Gruyter, Berlin/New York 1977 ff.

Siegmund, Wolfdietrich. »Psychiatrie«. In: Brednich, Wilhelm u.a. (Hrsg.). Enzyklopädie des Märchens. De Gruyter, Berlin/New York 1977 ff.

Tatar, Maria. Von Blaubärten und Rotkäppchen: Grimms grimmige Märchen. Residenz, Salzburg/Wien 1990

Uther, Hans-Jörg. Die schönsten Märchen von Müttern und Töchtern. Droemer, München 2000 (Textsammlung)

Wardetzky, Kristin. Märchen-Lesarten von Kindern: Eine empirische Studie. Lang, Bern/Wien et al. 1992

Weber-Kellermann, Ingeborg. »Die Stiefmutter im Märchen«. In: dies. Die Familie. Insel Verlag, Frankfurt am Main 1976

Winnicott, Donald W. Reifungsprozesse und fördernde Umwelt. Fischer, Frankfurt am Main 1984

Klassische Anthologien
in dtv-Originalausgaben

Deutsche Lyrik vom Barock bis zur Gegenwart
Hg. v. Gerhard Hay und Sibylle von Steinsdorff
ISBN 978-3-423-**12397**-6

Michel de Montaigne
Von der Kunst, das Leben zu lieben
Hg. u. übers. v. Hans Stilett
ISBN 978-3-423-**13618**-1

Melancholie oder Vom Glück, unglücklich zu sein
Ein Lesebuch
Hg. v. Peter Sillem
ISBN 978-3-423-**13012**-7

Indische Märchen und Götterlegenden
Hg. v. Ulf Diederichs
ISBN 978-3-423-**13506**-1

Märchen von Töchtern
Hg. v. G. Lehmann-Scherf
Illustr. v. Reinhard Michl
ISBN 978-3-423-**13932**-8

Mächen von Söhnen
Hg. v. G. Lehmann-Scherf
Illustr. v. Reinhard Michl
ISBN 978-3-423-**13933**-5

Tausendundeine Nacht
Nach der ältesten arabischen Handschrift in der Ausgabe von Muhsin Mahdi ins Deutsche übertragen von Claudia Ott
ISBN 978-3-423-**13526**-9

Die Kunst des Wanderns
Ein literarisches Lesebuch
Hg. v. Alexander Knecht und Günter Stolzenberger
ISBN 978-3-423-**13867**-3

Nicht nur zur Osterzeit
Ein Frühlings-Lesebuch
Hg. v. Gudrun Bull
ISBN 978-3-423-**20885**-7

Schaurig schöne Balladen
Hg. v. Walter Hansen
Illustr. mit Scherenschnitten von Franz Graf von Pocci
ISBN 978-3-423-**13841**-3

Ostern
Ein Spaziergang rund um die Welt
Hg. v. Ulf Diederichs
ISBN 978-3-423-**13970**-0

Bitte besuchen Sie uns im Internet: www.dtv.de

dtv

Tausendundeine Nacht

Nach der ältesten arabischen Handschrift
in der Ausgabe von Muhsin Mahdi erstmals ins Deutsche
übertragen von Claudia Ott

ISBN 978-3-423-13526-9

»Diese Ausgabe eröffnet einen ganz neuen, frischen Blick auf
eines der großen Werke der Weltliteratur.«
Stefan Weidner in der ›Frankfurter Allgemeinen Zeitung‹

Die nächtlichen Erzählungen von Schahrasad, mit denen sie ihren königlichen Gatten verzaubert und so ihren Tod immer wieder aufschiebt, entführen den Leser in die Welt der Basare und Karawansereien, der weisen Kalifen und verschlagenen Händler, der vornehmen Damen und klugen Ehefrauen, der mächtigen Zauberinnen, Dschinnen und bösen Dämonen. Sie berichten von erotischen Vergnügungen und harten Schicksalsschlägen.

Kein Leser wird sich dem ebenso leidenschaftlichen wie geistreichen Charme dieser Geschichten entziehen können.

Diese Neuübersetzung von ›Tausendundeine Nacht‹ macht erstmals die älteste arabische Fassung der berühmten Märchensammlung in deutscher Sprache zugänglich. Dreihundert Jahre nachdem Antoine Galland das Werk in Europa bekannt gemacht und mit zahlreichen Ergänzungen ins Französische übertragen hat, ist ›Tausendundeine Nacht‹ nun in einer von allen europäischen Übermalungen, Ausschmückungen und Prüderien der letzten Jahrhunderte freien Form neu zu entdecken.

Bitte besuchen Sie uns im Internet: www.dtv.de

Für Liebhaber der Poesie –
Geschenkbücher

Goethe & Schiller
Die Balladen
Hg. v. J. Kiermeier-Debre
ISBN 978-3-423-**13512**-2

Hermann Hesse
Taumelbunte Welt
Gedichte
Hg. v. C. Bartscherer
ISBN 978-3-423-**13675**-4

Mascha Kaléko
Mein Lied geht weiter
Hg. v. G. Zoch-Westphal
ISBN 978-3-423-**13563**-4

Klabund
Das Leben lebt
Hg. v. J. Kiermeier-Debre
ISBN 978-3-423-**20641**-9

Rainer Maria Rilke
Dies Alles von mir
Hg. v. F.-H. Hackel
ISBN 978-3-423-**12837**-7

Joachim Ringelnatz
Zupf dir ein Wölkchen
Gedichte
Hg. v. G. Stolzenberger
ISBN 978-3-423-**13301**-2
und Hardcover-Ausgabe
ISBN 978-3-423-**13822**-2

Friedrich Schiller
**Und das Schöne blüht
nur im Gesang**
Gedichte
Hg. v. J. Kiermeier-Debre
ISBN 978-3-423-**13270**-1

Zu den Sternen fliegen
Gedichte der Romantik
Hg. v. R. Görner
ISBN 978-3-423-**13660**-0

Im Reich der Poesie
50 Gedichte
englisch-deutsch
Hg. und übers. v. H.-D. Gelfert
ISBN 978-3-423-**13687**-7

Wonneschauernaschpralinen
Erotische Gedichte
Hg. v. Günter Stolzenberger
ISBN 978-3-423-**13887**-1

Musikgedichte
Hg. v. Mathias Mayer
ISBN 978-3-423-**13943**-4

Wieder alles weich und weiß
Gedichte vom Schnee
Hg. v. Michael Frey und
Andreas Wirthensohn
Illus. v. Rotraut Susanne Berner
ISBN 978-3-423-**13926**-7

Bitte besuchen Sie uns im Internet: www.dtv.de

Für Liebhaber der Poesie – Geschenkbücher

**Gedichte
für einen Sonnentag**
Hg. v. Mathias Mayer
ISBN 978-3-423-20705-8

**Gedichte
für einen Regentag**
Hg. v. Mathias Mayer
ISBN 978-3-423-20563-4

**Gedichte
für eine Mondnacht**
Hg. v. Mathias Mayer
ISBN 978-3-423-20859-8

Der Garten der Poesie
Gedichte
Hardcover-Neuausgabe
Hg. v. Anton G. Leitner und
Gabriele Trinckler
ISBN 978-3-423-13860-4

**Ein Nilpferd schlummerte
im Sand**
Gedichte für Tierfreunde
Hg. v. Anton G. Leitner und
Gabriele Trinckler
ISBN 978-3-423-13754-6

Gedichte für Nachtmenschen
Hg. v. Anton G. Leitner und
Gabriele Trinckler
ISBN 978-3-423-13726-3

**Gedichte
für einen Frühlingstag**
Hg. v. Gudrun Bull
ISBN 978-3-423-13969-4

Gedichte für einen Wintertag
Hg. v. Gudrun Bull
ISBN 978-3-423-13604-4

**So schöne Blumen blühn
für Dich**
Hg. v. Gudrun Bull
ISBN 978-3-423-20870-3

Schaurig schöne Balladen
Hg. v. Walter Hansen
Illustr. v. Franz Graf von Pocci
ISBN 978-3-423-13841-3

Bitte einsteigen!
Die schönsten Eisenbahn-
Gedichte
Hg. v. Wolfgang Minaty
Mit Illustr. v. Reinhard Michl
ISBN 978-3-423-13922-9

Bitte besuchen Sie uns im Internet: www.dtv.de

Weltliteratur für Anspruchsvolle
[Abenteuerklassiker]

»Alles, was ein Mensch sich heute vorzustellen vermag,
werden andere Menschen irgendwann verwirklichen können.«
Jules Verne

Daniel Defoe
Robinson Crusoe
Roman
Übers. v. Franz Riederer
Mit den Illustrationen der
Amsterdamer Ausgabe
ISBN 978-3-423-**13881**-9

Jules Verne
**Reise zum Mittelpunkt
der Erde**
Roman
Neu übers. und hrsg. v.
Volker Dehs
Mit sämtlichen Illustrationen
der franz. Originalausgabe
ISBN 978-3-423-**13882**-6

Mark Twain
Tom Sawyers Abenteuer
Roman
Übers. v. Lore Krüger
ISBN 978-3-423-**13883**-3

Robert L. Stevenson
Die Schatzinsel
Roman
Hg. v. Uwe Böker
Übers. v. Richard
Mummendey
ISBN 978-3-423-**13884**-0

Karl May
Der Schatz im Silbersee
Roman
Hg. v. Hans-Rüdiger Schwab
Mit sämtlichen Illustrationen
der Erstausgabe
ISBN 978-3-423-**13885**-7

Jack London
Lockruf des Goldes
Roman
Übers. v. Erwin Magnus
ISBN 978-3-423-**13886**-4

Alle Bände sind mit einem Nachwort sowie Daten zu
Leben und Werk des Autors ausgestattet.

Bitte besuchen Sie uns im Internet: www.dtv.de